The Whispering Master

Frank Gruber

論創海外ミステリ
Ronso Kaigai MYSTERY
161

噂のレコード原盤の秘密

フランク・グルーバー

仁賀克雄 訳

論創社

The Whispering Master
1949
by Frank Gruber

目次

主要登場人物

ジョニー・フレッチャー……ボディビル本の街頭売りテキ屋。頭が切れる口達者
サム・クラッグ……ジョニーの弟分で本のモデル。頭は弱いが腕力は強いタフガイ
ジェファースン・トッド……自称「世界一の名探偵」。ジョニーらのライヴァル
レスター・ピーボディ……「四十五丁目ホテル」のフロント・マネジャー
エディ・ミラー……同ホテルのボーイ長
マージョリー・フェア……歌手志望のアイオワ娘
スーザン・フェア……マージョリーの妹
ダグラス・エスペンシェイド……大金持ちでマージョリーの婚約者
オーヴィル・シーブライト……マリオタ・レコード社の社長
チャールズ・アームストロング……同社の副社長
ウオルター・ドニガー……同社の営業部長
エドワード・ファーナム……同社の経理部長
ジョセフ・ドーカス……同社の工場長
ヴァイオレット・ロジャース……同社の電話交換嬢

噂のレコード原盤の秘密

第一章

その女性は二十四歳、亭主など捨てて憚らない映画女優ほどの美貌の持ち主だった。すばらしい天然の金髪、輪郭のはっきりした、みずみずしい顔立ちは、こうした容貌と縁のない女性には嫉妬を買いそうなタイプだ。

ところが彼女はスカンピンだった。

財布には三セントきっかりしかなく、ホテル・マネジャー、ピーボディからの三度目で、おそらく最後となるはずの請求書を見つめていた。昼の十二時までに、三十三ドル七十八セントの延滞宿泊料を支払わなければ部屋を引き払うようにと、ピーボディは通告してきた。

いくら〈四十五丁目ホテル〉とはいえ、マージョリー・フェアほどの美貌に恵まれた女性なら、何とかなりそうなわずかな金額だ。とはいえ……つまり、その美貌が仇となって三セントしか手元に残っていなかった。

彼女はピーボディのメモを、起きぬけの乱雑なベッドに投げ捨て窓辺に出た。外の景色は心楽しいものではなかった。八フィートもある換気筒が日光をさえぎり、周辺の部屋には湿っぽい空気しか送りこんでこない。

彼女はしばらく真向かいの窓に眼をやっていた。その部屋の相客のひとりは、先週も彼女に向かってにやにやと何度も笑いかけてきた――エレベーターやロビーで顔を合わせる度ごとに。あの男からなら三十三ドルくらい巻き上げるのはお茶の子さいさいだろう。その相棒は大柄な体格の男で、さしずめレスラーかボクサー、この種の男なら金を持っているに違いない。

彼女がそう考えているとき、ちょうど換気筒ごしの窓辺に、あの大男が姿を見せた。男はパンツこそ履いていたが……ほかには何も身に付けていなかった。マージョリーは慌てて身体を引っこめる。

彼女はバスルームに入ると、長いあいだ薬箱を見つめていた。思い切って蓋を開ける。歯みがき、歯ブラシ、うがい薬、オーデコロン、マニキュア液、マーキュロクロム（赤チン）の瓶。ヨードチンキも、睡眠薬の錠剤もなかった。そしてわずか三セント。自殺したくなるほどの貧しさだった。

彼女はバスルームを出た。やはりそこには窓がある。しばらくじっと見つめていた。自殺する気にはなれなかったが、ほかに方法もない。いずれそう決心することになるかもしれないが、肚を決める前に運命が邪魔をしていた。

マージョリー・フェアの部屋はノックされた。

部屋代催促のホテル・マネジャーだわと、彼女は思った。請求書を突き付けてわたしを死に追いやろうとしているのに、それでも飽き足らないのかしら？

彼女は戸口に行きドアを開けた。

マネジャーではなかった。だがマージョリーと面識のある男だった。この男はもしかして……。

男は笑いかけてきた。「入ってもいいかね？」

「どうぞ」

男は部屋に入りドアを閉めると、それを背にして立ちはだかった。「こんな朝早くから立ち寄ってすまないな」

「構いませんわ」

「きみにどうしても逢いたかった」部屋の中に目を配りながら話を続ける。「それはきみが受けたオーディションのことだが」

「駄目でした」マージョリーは言った。「声が悪くて……」

「いや、そうじゃない。もうすこしトレーニングすれば大丈夫だ」

「トレーニングは積んできました。もうすでに一万ドルに値するくらいのレッスンをしてきました」

男の眼は部屋の内部を探るのをやめ、じっと彼女に注がれた。

「きみの美貌なら歌わなくてもいいよ」

「わかってます。そのせりふを聞くのはニューヨークで二十八人目ですわ」

「それで?」

「そう言ってくれた人はアイオワにもいます。百万長者です……それでもわたしはニューヨークに出てきたんです」

「そうか」ドアを背に男は言った。「わたしは百万長者じゃないが、一、二年のうちにはそうなるよ。それでここにきたんだ……」

彼は口元にゆがんだ笑みを浮かばせ、上着のポケットからぴっちりした手袋を取り出すと手にはめはじめる。マージョリーは話が呑みこめず、彼を見つめていた。

「レコード原盤だ。きみの持っているやつ、それが欲しいんだ」

マージョリーの眼は驚きで大きく見開いた「あのコン・カースンがレコーディングしたものを?」

「そうだ」

「でも、あれはあなたのものではないでしょう」

「おれのものになるのさ」

男は背後に手を伸ばしドアの掛け金をかける。マージョリーはその意図に気づきあとずさりしはじめた。

「ドアを開けて!」

男はじりじりと迫ってくる。マージョリーは思わず口を開けた。本能的に悲鳴を挙げようとしたが……脳裏にホテル・マネジャーの最後通告が浮かぶ。ホテル料金不払いで立ち退き要求されている娘が、助けを求める悲鳴を挙げたところで何になるだろう。自分みたいな立場の人間だったらホテルで騒ぎを起こすだろうか?

悲鳴は喉元で止まってしまった。彼女は男の迫る手をわきによける。なおも迫りつつあるとき、男の眼がタンスの上の新聞紙から半分覗いている金属製のディスクを捉えた。

マージョリーはその視線の先へと突進し、男を突き飛ばしディスクに向かった。彼女がディスクを手にしたとたん、手袋をした拳がその顔に炸裂し、彼女を窓の敷居まですっ飛ばした。男は彼女に飛びかかってきたが――マージョリーの手は開いた窓の外に伸びた。

ディスクは滑らかに換気筒を横切り、向かい側の部屋の開いた窓の中へと消えて行った。

男の咽喉から押し殺した怒りの叫びがもれる。彼は手袋をはめた手でマージョリーの喉首をきつく締めつけてきた。

五分前には自殺の直前にあった娘も生きるために必死で争った。しかしその手は容赦なく彼女の気管を圧迫した。一、二分後、男はマージョリー・フェアを引きずりバスルームに放りこんだ。

彼はマージョリーをそこに放置したままバスルームのドアを閉めた。

部屋のドアを拳で叩く音がする。男は罠にかかった虎のように足が凍りつく。

「マージョリー」女性の声がした。「わたしよ――スーザン！」

悪運強く彼はドアに掛け金をかけていた。ドアノブがガチャガチャと音を立てる。それからまた拳でドアを叩いていたが、まもなく静かになった。

男はドアまで行くと聞き耳を立てた。何も聞こえなかったので、はじめてほっとしてため息をつく。

男はそっと掛け金を外すと、ドアを開け出て行った。

第二章

ジョニー・フレッチャーはエレベーターを降り、狭い廊下を通って八二一号室のドアを開けた。部屋に入るとサム・クラッグがバスルームから飛び出してきた。

「ジョニー！」彼はわめいた。「おれの服がないっ！」

ジョニーは首をかしげ、ルームメイトで相棒の衣服を点検した。

「靴、靴下、下着」彼は数え上げた。「シャツ、ネクタイ――」

「おれのズボンに上着――」

「ああ、そうか。気づかなかった」

「どういう意味だ――気づかなかったとは？　ズボンを履いていない男を見ても、あんたは知らん顔しているのか」

「わかったよ、サム。そうか、ズボンを履いていなかったのか。それがどうした？　自分の部屋ではズボンを履いていろという法律でもあるのか」

「おれが言いたいのはな、ジョニー――上着がないということだ。だれかがかっぱらっていったんだ」

ジョニーは思案に暮れたようにサムを見つめ、それからクロゼットに歩み寄り、ドアを開け覗きこんだ。

「ここにもないな。バスルームは見たのか？」

「見落としたところはないよ――絨毯の下までな。どこかに行ってしまったんだ」サムはツインベッドの端にどさっと腰かけた。

「それにピーボディのやつ、おれたちを昼までには追い出そうとしていやがるんだ！　ズボンもなしでどうやって表通りを歩けるんだ？」

「そりゃ無理もない」

「このままじゃおれはどうなる、どうすりゃいいんだ？」

ジョニーは窓辺に行き八フィートの換気筒ごしに外を見た。

「落ち着け、サム。なんとか考えてみようじゃないか。ところでピーボディはあのブロンド美女の部屋で何をしているんだ？」

「そんなことおれが知るかよ。いかがわしいことでもやっているんだろう」

ジョニーは大声を挙げた。「いかがわしいことだって！　一緒にいるのはパトロールの巡査だぜ」

サムをふり返ったジョニーの眼が、近くのツインベッドにメタル・ディスクがあるのを捉えた。

「こんなものがどこから飛んできたんだ？」

サムは肩をすくめた。「知るもんか。おれはズボンを探しにバスルームに入って、出てきたらベッドの上にあったんだ。おそらくだれかが窓ごしに投げこんだんだろう」

ジョニーは呆れて友人を見つめ、それから窓辺に戻り、ふたたび換気筒ごしに外を眺めた。

「あの娘が見えないぜ」

サムはぶつくさ言った。「ジョニー、向こうのことはいいから、おれたちの――おれのことを考えろ。おれにはズボンが入り用だし、上着もだ。十二時までにだぞ」

ジョニーの眼はまだ換気筒ごしに向かいの部屋を眺めていた。

「急ぐことはないさ。十二時まで出て行くことはない」

「どうして？　ピーボディは三度目のおそらく最後の催促を寄こしたんだぞ？」

「わかっているよ。おれはとりあえず一部払いで十ドル渡したところだ。なんとかなるさ……」

ジョニーはさりげなく言った。しかし遅すぎた。サムはベッドを回りこむとジョニーの腕を捕まえた。

「その十ドルはどこで手に入れた？」

ジョニーはサムにきつく握られた腕をふりはなそうと引っぱった。

「今朝早く起きたのは何のためだと思っているんだ？　おれは外出して金策してきたんだぞ。十二ドルだ。ホテルに十ドル払い、そして……」

「おれの上着を質入れしたな！」サムはどなった。「おれの着るものまでよくも」

ジョニーはごくりとつばを呑みこんだ。

「まあまあ、落ち着け、サム。わずか数時間のことだ。おれは午後からモート・マリのところに行って金をせびってくるから」

「どうして今朝、モートに会わなかったんだ？」

「会いたかったんだが、やつは会社にいなかったんだ――」

「朝の八時だぞ？　いるもんか」

「そこだよ、おれが話したいのは……ピーボディのことはわかっているだろう。おれを目の敵にしているんだ。十二時きっかりにおれたちを締め出す気だ。そこでなんとかうまい手を、と考えたんだが……」

「それなら十二時までに外で本を売ったらどうだ」

「本があればな。ところが一冊もないんだ」

サムはがっくりとしてベッドにどさっと座った。めそめそしながら巨体を震わせた。

「ジョニー、おれたちはどんな苦労にも耐えてきた。でもな、おれの上着を盗むなんて我慢も限界だぞ……」

「盗みはしないさ」

「盗んだも同然だ。自分の上着を売ったらどうなんだ？」

「そんなことできるか？　上着がなけりゃ表を歩けないじゃないか？」

「じゃあ、おれはかまわないのか？」

「そんなことはない。おれが上着一式を揃えてくるまで、ここにいればいい」

「そんなこと言っても揃えられなかったら、どうするんだ？」

「おれにけちをつけるつもりか、サム？」

「ああ、そうとも！　あんたはこれまで数え切れないほど、おれをどん底に突き落としてきているじゃないか」

「そうきたか」ジョニーはうんざりしたようにため息ついた。

「わかった。午後には必ず衣服を受け出してくる。そうしたら、おれたちの仲もおさらばだ――終わりにしよう」

サムは息を呑んだ。「何だって？　何と言った、ジョニー？」

「おれたちは別れようと言ったんだ。おまえはおまえの道を行き、おれはおれの道を行く」

サムは飛び上がった。「ジョニー、冗談いうな。ピーボディのせいで……」

彼はジョニーの手首をつかむと、その顔をしげしげと見つめた。

「本気にするぞ」サムは笑おうとした。「あんたが冗談言っているのをはじめて聞いた」

「冗談ではない」

サムは握ったジョニーの手首を放すと、手のひらで自分のおでこを叩いた。

「おれは発言を撤回する、ジョニー。済まなかった。気がすむまでおれを蹴とばしてくれ」

「それで済むものか」ジョニーは悲しげに首をふった。「おれの心は深く傷ついた」

「おいおい、ジョニー！」

ドアがふたたび拳のノックで鳴った。ジョニーは窓辺から飛び離れた。

「ベッドに入れ、サム」彼は緊張した声でささやいた。「そこでシーツをかぶってろ……」

彼はサムにメタル・ディスクを手渡しドアに向かった。

「どなた？」

「ミスター・フレッチャー」

その声は四十五丁目ホテルのマネジャー、レスター・ピーボディだった。

「一言申し上げたくて」

ジョニーはふり返り、サムがベッドにもぐりこむのを見届けドアに向かった。ドアを開けると、そこにはピーボディと、四十代の獰猛そうな大男がいた。

ジョニーはレスター・ピーボディに小さな紙片を手渡した。

「やあ、済まんな」

ピーボディは紙切れを見た。

「いまフロントでチェックしてきました。もう一週間ご滞在になって結構です。ところでわたしは別の用事でここに……」

彼はジョニーを回りこんで、ベッドにいるサムを見た。

「やあ！」サムは言った。

レスター・ピーボディはそっけなく不満げな様子でうなずくと、ジョニーをふり返った。

「ミスター・フレッチャー、こちらは警察署のルーク警部補です」

「悪党《クルーク》？」

警部補は冷笑を浮かべた。「ルークだ」

「ペテン師のルーク？」

ルークの笑顔が消えた。「小憎らしいやつめ！」

彼は胸を張って部屋に入ってくると、ベッドから起き上がったサムにざっと目をくれた。「夕べは寝れなかったのか？」

「寝苦しくてね」サムは言い返した。「それで寝坊したんだ」

「シャツとネクタイを付けて寝るのか？」

「それが法律に反しているとでも？」

「個人的にはな」ルークは肩をすくめた。「靴を履いたまま寝るのも自由さ」

サムはシーツの下から足を突き出した。「この通り、靴も履いている」

サムはレスター・ピーボディがいることを忘れていた。ホテル・マネジャーは怒り狂って前に出た。

「ミスター・クラッグ、そのシーツはホテルのものです！」

「やつは自宅のつもりなんだ」ジョニーは口を添えた。「自宅では靴を履いたまま寝ているんだ……」

「ホテルはそのシーツ代に特別料金を請求しますよ……」

サムは飛び起きた。「えっ、そう？」

ルーク警部補はいきなり右手を突き出した。「ちょっと待て。おれは殺人事件を調べにここにきているんだ――」

ジョニーはあとずさりした。「まさかあのチャーミングなブロンド娘ではないでしょうな！」彼の眼は窓を向いていた。「向かい側の？」

「知っているのか？」

ジョニーは首をふった。「窓ごしに彼女を見かけただけで。いちどロビーで会ったけど……」

「あんたになんか絶対に口を利くはずもない女性さ！」ピーボディは叫んだ。

ルークはホテル・マネジャーにさげすみの表情をみせた。

「すまんが――おれの話も聞いてくれ」

「どうぞ」とジョニーはそう言いつつも、おもむろに本音を吐き出した。「そんなこと言われるのは実に癪だな」

「どうしてだ？」ルークはぴしっと言った。

「そんな言い方はないぞ、ピーボディ。彼女はそれなりの美人だ……しかしおれが仲よくなれなかった唯一のわけは、そのう……」彼は咳払いをしてピーボディを見つめた。「つまりちょっとばかり持ち合わせが……」

「肝腎のお金がね！」ピーボディはぴしっと決めつけた。

ジョニーは笑った。「あんたはおれが口にしにくいことを言ってくれるね」

ルーク警部補はずんぐりした人差し指でジョニーを突っついた。

「わかった。もう充分だ。殺人事件に取りかかろう」

「くそっ《シュート》！」そしてジョニーは咳払いをした。

「そんな言葉を使うべきじゃないね」

「どうしてだ？」

ジョニーは窓の方に顎をしゃくった。

「彼女は射た《シュート》れたわけじゃない」ルークはぴしっと言った。

警部補はポケットから大きなものを取り出した。近くで見ると懐中時計だった。

「いま午前九時三十五分だ。七時三十分から九時までの間、おまえはどこにいた？」

「七時三十分には八番街のベン質屋の前に立っていた……」ジョニーは答えた。

「何のために？」

「質屋の開店を待っていたんだ」

ジョニーはレスター・ピーボディににやりとし、ポケットから質札を取り出して掲げて見せた。

「ごらんの通り……」

「おまえは七時三十分から九時三十分まで、ずっと質屋で質入れ交渉をしていたわけではなかろう」

ルークは厳しく責めたてた。

「そりゃそうだけど、質屋が店を開けたのは八時三十分だった。おれは店の一番客で、十五分ぐらいそこにいたかな……」

「質入れするのに十五分もかかるのか?」

「意見の相違があってね。ベン質屋の主人はおれの質草に値段をつけたが、おれには別の思惑があった。そこでたがいの意見を一致させるのに十五分かかったんだ——言わば合意点に達するまでに」

ルーク警部補は顔を紅潮させた。「わかった。それは八時四十五分のことだな。ホテルに戻ってくるには五分か、十分あればいい……」

「ブロードウエイのセルフサーヴィス・レストランに立ち寄って、コーンビーフと野菜のいため料理を喰べ……あのセルフサーヴィス・レストランのコーンビーフと野菜のいため料理は、この町でもとびきり味がいいからな……」

「わかったよ。それで何時にホテルに帰ったんだ?」ルークはとげとげしく尋ねた。

「九時二十分ごろかな。宿賃の支払いするために階下のフロントに立ち寄ったから確かめられるはずだ」

「十ドルの一部払いです」ピーボディは訂正した。

「そうさ、一部払いの十ドルだ。とにかく九時二十五分まではエレヴェータで上がってこなかった。おれがこの部屋に戻ったのは、あんたがドアをノックする六、七分前だ」

ルークはしばらくジョニーをにらみつけていたが、やがてベッドのあいだのスタンドに向かい、電話の受話器を取り上げた。

「フロントか」ルークはそう言うと次いで「こちらは警察署のルーク警部補だ。いま八二一号室にピーボディ・マネジャーという……この部屋に宿泊しているフレッチャーは今朝フロントに寄って、宿賃の支払いをしたと言っているが……それは何時だったのかね……？」

彼は受話器にしかめ面をしていた。

「それは確かか？」彼は不本意そうにうなずいた。「よし、わかった」

彼は受話器を電話に戻してしばしうつむいていたが、やがて急にサムの方に向き直った。

「おまえは……おまえは午前中この部屋にいたんだな……！」

「そうさ、ホテルの二百人の客と一緒にだ」

サムの助けにジョニーが口をはさんだ。

「フレッチャー」ルークはうんざりしたように言った。「おれはこの部屋に入ったときからおまえが気にくわない。それもだんだんひどくなる」

ルークはサム・クラッグをふり向いた。

「おまえにも口はあるんだろう？」

「ああ」サムははっきりと応えた。「おれは読み書きもできるし、学校では割り算を終えて、十進法に進んでいた」

ジョニーは窓ごしに眺めていたが、突然大声で叫び、窓に突進した。

「おい！　あんたが話していた彼女がいるぞ……」

ルークがあとに続いた。

換気筒の向かい部屋の椅子に座っているのは若い女性だが、マージョリー・フェアではなかった。しかし彼女と非常によく似ており、どちらかといえばもっと魅力的だった。

「あれは彼女の妹だ」ルークは説明した。「妹が姉の遺体を発見したんだ」

彼は窓辺からふり返って、ジョニー・フレッチャーとサム・クラッグに眼をやり、それから首をふった。やがてドアに向かい、ピーボディが急いであとを追いかけた。ドアのところで警部補がふり向いた。

「勝手に出歩くなよ」

そう言って部屋から出て行った。ピーボディもあとについて行った。サム・クラッグは何か言いたそうに口を開けたが、ジョニーがよせというように首をふって止めた。彼は戸口に行くとしばらく聞き耳を立てていたが、いきなりドアを開ける。廊下にはだれもいなかったので、ふたたびドアを閉めた。そして荒い息を吐き出した。

「ところで、おまえはあの件について何か知っているか、サム？」

「あんたに話したことだけだ……何も知らない……」

ジョニーはサムのベッドに近づきシーツを引きはがすと、メタル・ディスクが現れた。サムはそれを押しやった。

「レコードというのはワックスか、一種のプラスチックでできているのだとばかり思いこんでいたよ」サムは感心したように言った。

「普通のレコードはそうだ。しかしこれはレコード原盤だ」

「マリオタと書いてある」

ジョニーはサムにすばやくたしなめる目つきをした。

「それはレコード会社の名前だ。レコード原盤は数多くのレコードを作るためのオリジナルだ」

サムはレコード盤の中央の文字を読んでいた。

「コン・カースンか。ふーん、彼の歌なら悪くない」

「彼は大物さ」ジョニーは訂正した。「だがな、二日前にネヴァダの飛行機事故で死んでしまった」

「へえ、そうなのか?」

サムは一、二節、調子外れの口笛を吹いてみた。

「そうなると、これは彼の最後の歌ということになる。聴くのは初めてだ。〈砂漠の月〉か……どんな歌なのかな?」

それから急に眼を丸くしてジョニーを見つめた。

「なあ、もしかすると向かいのあの娘は……?」

「向こうからこちらに投げたのか? 頭が切れるな、サム、すごいぞ。九時四十五分よりも前のことだろうな」

サムは顔をしかめた「どうしてそのことをお巡りに言わなかったんだ?」咎めるような口ぶりだった。「ジョニー、もう探偵気どりなんかやめろ。それよりおれのズボンをいつ返してくれるんだ……」

「午後には履けるよ、サム。心配するな。上着もな」

「メイドが掃除にくるぞ……」

「今日は気分が悪い。それでベッドから離れられなかったと思いこむんだな」

ジョニーはアリバイ証明を示唆した。

「おれはもういちどモートのところに行ってみる」

戸口に向かったジョニーを、サムが呼び止めた。

「朝めしはどうするんだ?」

ジョニーは電話を指さした。

「ルーム・サービスを呼べ。金はある」

ジョニーはくしゃくしゃの紙幣をベッドに放った。あと手に残ったのはわずか七十五セントだった。

第三章

ロビーに降りると、ジョニーはボーイ長のエディ・ミラーに出会った。いつも口先だけでホテル客から金を巻き上げているこすっからくけちな若者だ。そしてひょろ長い騎手みたいな体格で、何事もそつなく臨機応変に処理していた。

「もう一週間ご滞在とうかがいました、ミスター・フレッチャー」

彼は慇懃無礼に尋ねた。

「そうさ、エディ。なんとか居られることになったよ」

彼はボーイ長の腕をつかんで引き寄せた。「なあ、八階での厄介ごとだが、どうなっているんだい?」

「おや、あなたもあれに巻きこまれたんですか?」エディは驚きの声を挙げた。

「おれは重要容疑者のひとりでね」ジョニーは誇らしげに言った。「残念なことに、おれには格好のアリバイがあるんだ」

「それなのに何が心配なんですか?」

「心配などしてないさ。好奇心だけだ。あの女性はおれの好みにぴったりだった。少しばかり持ち合わせが足りなかったんで、何ともすることができなかったがね」

エディ・ミラーはくすくす笑った。「それは毎度のことじゃありませんか?」

「喧嘩を売る気か?」ジョニーは憤然としてどなった。「おれは文無しじゃないぞ。いいか、二カ月前にはこれでも五万ドルの値打ちがあったんだ」

エディは皮肉な笑いを浮かべた。「わたしはしがないボーイ長ですが、あなたはいまわたしに売りつける商品目録も持っていないじゃないですか。とにかく文無しだろうが、金持ちだろうが、わたしはあなたの味方ですよ、ミスター・フレッチャー、いつでもね」

「ありがとよ、それでは話してくれ、あのヤング・レディは――」

ジョニーは彼の首筋を絞める身ぶりをして言葉を切った。

エディ・ミラーは首をふった。「うーうっ、その通りです」

「それでは自殺じゃなかったんだな」

「ええ、違います。殺人です。だれがやったのか知りませんが、犯人はその最中に危なく捕まるところでした」

エディはこそこそとロビーを見回した。

「そのとき妹がドアを開けようとしていたのですが、ロックされていました。そこで彼女は階下に降りてきて、ピーボディと鍵を持って上がったんです。部屋に着いたときには――ドアはもうロックされていなくて……」

ジョニーは声が高くなった。「じゃあ何かい、妹が最初に上がって行ったときには、殺人者は部屋の中にいたのか?」

「そうです。妹がピーボディを呼びに行っているあいだに、犯人はこっそりと逃げたんです」

「待てよ。そいつはおかしいな。妹は上がって部屋をノックした。ドアがロックされていたので階下に降り、部屋に入ろうとピーボディを探した。どうしてそんなことをしたんだ。姉さんが朝食か、何かの用事で外出したとは考えなかったのか？」

「それは彼女はこの町にやってきたばかりで、他に身の置き場がなかったからです」

エディ・ミラーは手の甲で顎をこすった。「おかしなことです。あのフェアという女はあなたとある点では同じで——昼には追い出されるところでした」

「彼女もスカンピンだったのかい？」

エディはうなずいた。「宿泊代を三週間ためていたんですよ」彼は首をかしげた。「あれほどの美人なのに」

ジョニーはうめいた。「それを知っていたならな！」

「そうですか。知っていたら彼女はツケをあなたに回したでしょうに」エディはいやみを言った。

「その気になりゃ、いくらだって金なんざ工面できるんだ」ジョニーはほざいた。

「そう、今朝もそうでしたね」

「今夜までにはもっと算段するさ——大金を」彼はロビーの時計を見た。「そろそろ出かけよう」

エディ・ミラーはせつなげに見やった。「あなたにおつき合いして、金の工面のお手伝いをしたいものですな」

ジョニーはにやりとした。「まあ、自分の仕事に精を出すんだね」

彼はエディにウインクするとホテルをあとにした。外に出ると半ブロックばかり七番街の方へ歩き、左折してタイムズ・スクエアに向かった。

七番街から数軒離れた薄暗いロフトビルに入り、階段を昇って三階に向かった。そして〈マリ出版社。社長モート・マリ〉と擦りガラスに表示されているドアに向かった。

ドアには鍵がかかっていた。ジョニーは腹立ちまぎれにノブをガチャガチャさせた。モートはサムの上着を取り戻すための頼みの綱だった。

「ちくしょう、モートめ！　おれに門前払いを食らわせる気か！」彼は叫びながら、なおもドアをガタガタゆすった。

大柄な男が息を切らせて階段を昇ってきて、ジョニーの方に勢いよく近づいてくる。

「おれに任せろ」彼はそう言ったのでジョニーはわきに退いた。大男はドアをノックした。「電報です。ミスター・マリ」彼は付け加えた。「ウナ電（至急電報）です」

部屋の中からは何の物音もしなかった。

彼はいら立って大声を挙げた。「この階段を上り下りするのはこれで三度目だ」

「あんたはウエスタン・ユニオンの電報配達には見えないね」ジョニーは正直に言った。

その男はポケットから折り畳んだ書類を取り出した。

「差し押さえの執達吏だと言ったら、何度足を運んでも無理だからね」

「ふーん。モートがオフィスに寄り付かない理由はあんただったのか？　おかげでこちらも迷惑している……」

「はあー？」

「おれも金をせびりにきているんだ」

大男は鼻を鳴らした。

「見こみ薄だな」彼は召喚状を掲げた。「これではしばらく破産状態だ」

「いくらくらいなんだ？」

「占めて六百ドルだ」

ジョニーは感心した。

「モートは六百ドルも他人をペテンにかけたのか？」

「それはいまここに書いてある金額だ。二週間前、彼に手渡した請求金額は確か四百ドルだった」

「ねえ、あんた」ジョニーは言った。「いい話があるんだが？　そんな書類は捨てちまえ。モートはこの部屋の中に千ドルはおろか、四百ドルの価値のあるものも持ってない」

「ドアには出版社とある。出版社なら金があるはず……」

「出版社か、出版社ねえ」ジョニーはため息をついた。

執達吏は肩をすくめた。「おれは召喚状を配達するだけさ」

彼は首をふると階段に向かった。ジョニーもあとをついて行き、七番街までふたりは楽しげにおしゃべりした。そこで執達吏は右折して十四丁目に向かった。

ジョニーはきょろきょろして十六丁目と十七丁目の間に金物屋があるのを見つけて入った。

「オフィスの鍵を失くしてしまってね」ジョニーは店員に話しかけた。「マスター・キーを手に入れたいんだが」

「手前どもでは扱っておりません」店員は答えた。「しかしおたく様の錠前に合わせる合鍵は作れます」

「いくら？」

「鍵は一ドルですが、そちらまで出張すれば三ドルになります」

ジョニーはポケットに七十五セントしか持っていなかった。

「そんなに金がかかるのなら鍵をかけっぱなしにしておこう」彼は言いわけした。

店を出ようとしたとき、展示品の中に細長いドライバーを見つけた。プラスチックの柄のついた安物だ。

「これいくらだ?」

「二十五セントです」

ジョニーはそれを買うと、十六丁目のモート・マリ社に引き返した。そしてドアの錠前を調べてにやりとした。円筒型のエール錠でドアへのくいこみが浅い。

彼はドアと錠の隙間にドライバーを差しこみ、その先端をボルト止めに強く当てて押しこみ右にひねった。ボルトはほんのわずか右に動いた。圧力をかけたままドライバーを元の位置に戻し、また同じ動作を繰り返した。それをもう二回やるとドアが開いた。

ドライバーを手にしたままジョニーはドアを押した……そこにはおそろしく肥えた女の驚いた顔があった。

「ドアはロックしたと思ってたのに!」女は叫んだ。

「その通り」ジョニーは息を呑んだ。「でもモートが合鍵をくれてね……」

「だあれ、モートって?」

ジョニーはドアの文字を指さした。

「モート・マリ、ええと、社長さ」

「あら、この場所をいままで使っていた人かしら……」

「いままで使っていた？」

「その人なら追い出されたわよ。わたしが肩代わりして……」

「三十分前にもここにきたんだけど」

「わたしが入ったころね」

ジョニーはワンルーム・オフィス内にすばやく眼をくれた。二方の壁には本棚がある。それぞれの棚に『だれでもサムスンになれる』とのタイトル本が並んでいた。ジョニーがサムをモデルに街頭実演し、集まった群衆に売りつけるインチキ小冊子だ。

「モートが追い出されたのなら、どうして彼の出版した本がまだここにあるんだい？」

「ビルの管理人が運び出すひまがなかったのよ」

ジョニーは遠慮会釈もなく本棚の一つに歩み寄り、一ダースの本を抜き出した。それからダンボールに手を突っこんで、長さ六フィートの鎖を引き出した。

女は眼をそばだてそれを監視していた。「まるで自宅みたいなふるまいね、ミスター？」彼女の語気は荒かった。

ジョニーは肩をすくめた。「モートとおれとはパートナーだからな」

「何ですって？」

「いや、おれはこの本を街頭で売っているんだ。モートに郵便で注文していたんだ」

「それで？」

彼女はロールトップ机の背後に回ってドアに向かい、ジョニーの出口をふさいだ。

「それを置いていきなさい」女は命令した。

「えっ、この本を?」

「そうよ」

「ねえ、おばさん。管理人はこんな本、くず紙として売ってしまうよ。一冊一セントにもなりゃしない……」

「本を棚に戻しなさい!」

ジョニーは秋波を送った。

「ねえ、お嬢さん、おれにはこの本が入り用なんだ」

「そんなに欲しければ――一冊二ドル九十五セント置いていきな。それがこの本の定価だよ」

「おれはモートに一冊五十セント支払って……」

「……さもなけりゃ」デブ女は続けた。「マリの溜めた部屋代を払っておいき。一カ月四十ドルで三カ月分だよ」

「このビルの持ち主は銀行だ」ジョニーはほざいた。「銀行か、さもなきゃ抵当をおさえた会社だ。あんたやおれのような人間を相手にはしないよ」

「よけいなお世話よ。このビルの持ち主は海員協会なの。世界一あこぎな家主よ。管理人には厳しい責任を負わせているわ」

「わかった。それでこそ管理人だ。でもこんなつまらない本を一ダースばかり、どうってことないだろう……?」

「ともかく、わたしは管理人よ」

ジョニーは女をきつい眼で見つめた。

「海員協会と女管理人か……」彼は悲しげに首をふると本を置いた。「あんたらには敵わないよ」

「この鎖は何のため？」

ジョニーは女管理人をふり向いた。「商売道具の一つさ。おれには相棒がいる……おれがこの鎖をやつの胸に巻きつけ、やつは深呼吸一番、鎖を断ち切るのさ……」

「深呼吸で？」

「世界一強い男だからな」

女は進み出るとジョニーの手から鎖を取り上げた。そしてしげしげと観察した。

「それで彼が鎖を切ったあとどうするの？」

「そこでおれがこの本を売るんだ。肉体改造の本なんだ――集まった群衆にどうしたら強くなれるか……この若きサムスン（旧約聖書に出てくる大力無双の英雄）みたいに、おれの相棒のことなんだが……」

女は鎖の端を手に持ち床にぶらさげた。「つまりはこういうことね。あんたの相棒が胸にこの鎖を巻きつける。それから深呼吸一番、鎖を断ち切るんでしょ――こんな具合に……！」

おばさん管理人は鎖の端を片足で踏みつけ、床から三フィートぐらいのところを握り、力をこめた……鎖は二つに断ち切れた。

「ほらね」

ジョニーはすましてアマゾン（伝説の怪力女）を見ていた。

「なるほど！」

「いかさまじゃないの」管理人は軽蔑した。「本なんか読まなくても、力半分も出さずに鎖は切れるわよ。繋ぎ目を弱くするとか、何か細工して……」

「あばよ」ジョニーはそう言うとドアを開け、十六丁目への階段を降りて行った。

彼は二十五セントをドライバーで損してしまい、サム・クラッグはいまだに四十五丁目ホテルで下着姿のままだった。

第四章

ジョニーは地下鉄でタイムズ・スクエアに戻ったが、ポケットには四十セントぽっきりだった。そしてもうランチタイムだった。彼は軽い朝食しか摂っていなかった。ランチなら四十セントでなんとかなるが、一人前の男ならもう少し手元に金が欲しい。

ふと頭にひらめくものがあって、彼はタイムズ・ビルディング地下の電話帳の揃っている場所に行き、マリオタ・レコード会社の住所を調べた。

表通りに出ると、急ぎ足で四十二丁目の交差点を、レキシントン・アヴェニューに向かった。

マリオタ・レコード会社のオフィスは高層ビルの二十二階にあった。ジョニーはエレヴェータに乗り応接室に入った。ソフト・レザーとマホガニー・パネル張りの部屋には調度がすべて揃っている。小さなガラス窓ごしに見える受付嬢はサム・ゴールドウィン（MGM映画の大プロデューサー）のラインナップに入っていそうな美貌だった。

「ボスに会いたいんだが」ジョニーは精一杯の愛嬌を見せて言った。

「どなたに？」

「ボス、頭株——大親分だ」

「ボスのお名前を？」

ジョニーはにやりとした。「そいつはおれが訊きたいことなんだ」

受付嬢は軽蔑したまなざしで彼を見た。「名前すら知らないのに会いたいとは。アポイントはご存じですか？」

「ああ、それは最近へアーカットに行くときの必要なことだろう」

「当社ではだれであれ面会の時には必要なことです」

「わかった」ジョニーは納得した。「ボスのひとりでいい――いま会いたい」

「面白い方ね、あなたって？」

「なあ、お姐ちゃん。あんた、いままで映画に出た方がいいと誘われなかった？」

「まあ！」受付嬢は叫んだ。「なんて陳腐なせりふかしら！　答えはノーよ――ノー。アポイントも取っていないのね。あなたとなんかランチも取る気しないわ――その口車には乗りません」

「それじゃ最初からやり直そう。マージョリー・フェアの使いできたんだ。それじゃだめかい？」

受付嬢はジョニーをしげしげ見て小窓を閉め、内線電話に接続した。受話器に話しかけてから接続を切り、また小窓を開けた。

「ミスター・アームストロングがお会いになるそうです」

彼女はブザーを押し、社内に通じるドアを開けた。ジョニーが入ると、背後から受付嬢が声をかけた。「左側奥のドアです」

大きな室内には八ないし十卓のデスクがあり、その奥に仕切られた小個室が並んでいる。ジョニーはパネルドアに金文字で、ミスター・アームストロングと書かれた部屋を見つけた。ミスター・アームストロング、副社長と読める。別にありがたがることもない。副社長なんて掃いて捨てるほどいるじゃないか。

ドアは閉まっていたが、ジョニーはノックもせずドアを押し開ける。結核療養所から逃げてきたような砂色髪の男が、巨大なマホガニー・デスクの背後から立ち上がった。そして怪訝そうにジョニーを見つめた。

ジョニーは笑顔を作って、デスク近くのアームチェアに腰かけた。

アームストロングは眉をひそめた。

「ミス・マージョリーの使いの者だそうだが」

「彼女をご存じで？」

「もちろん、知っている。ここで仕事をしていた」

「何の仕事を？」

アームストロングは吠えた。「おい、きみはいったいどういう用件なんだ？」

「彼女は亡くなったんです」

一瞬アームストロングは驚いて口をあんぐり開けた。それから大きな回転椅子にゆっくりと腰かけた。

「殺されたんです」ジョニー付け加えた。

アームストロングはたじろいだ。「い――いつのことだ……？」

「今朝、彼女は……絞め殺されたんです」

「なんてことだ」アームストロングは叫んだ。それからいきなりジョニーをにらみつけた。「警察はそいつ……そいつを捕まえたのか？」

「窒息死させた男をですか?」ジョニーはぶつくさ呟いた。「なぜぼくがここにいると思っているのですか?」

「マージョリー、ミス・フェアは六カ月前にここを退職したんだ」

アームストロングはそう言うと、不意にある反応を見せた。

「なあ、きみはわたしが何かを知っていると思っているんじゃないか……?」

「ご存じで?」

アームストロングが答える前にデスクの電話が鳴った。彼は無意識に取り上げた。

「はい……」彼はジョニーにすばやい視線をくれ、受話器に向かって言った。「よこしてくれ」彼は電話を切り、鋭くジョニーを見つめた。

「きみは警察官か?」彼は問いかけた。

「警官でなければ、ここで質問してはいけないんですか?」

ドアがノックされた。アームストロングは返事した。

「どうぞ」

刑事でなければ、競馬のノミ屋と見まごう男が入ってきた。

アームストロングは立ち上がった。

「失礼ながらお名前を……?」

「コワル」新来者は言った。「コワル巡査部長だ」

「ルークと同じ署の?」ジョニーが尋ねた。

「ああ、そうだ」

ジョニーは刑事の肩を軽く叩いた。いかにも上司ぶった叩き方だ。

「いい男だ、ルークは……」

「そうかね、おれは――」コワル巡査部長は話しはじめた。

「というわけで」ジョニーはそう言うと、アームストロングを見た。「あとは巡査部長に訊いてくれ、ミスター・アームストロング。よろしく頼む」

彼はコワルの肩をまた叩くと部屋を出て行った。ドアを閉めるや急ぎ足で出口に向かった。

しかし応接室に続くドアを開けようとしたとき、受付嬢に制止された。

「アームストロングに尋ね忘れたんだが、彼はここの人事部長かね……？」

「いいえ、彼は副社長のひとりです」

「そう思っていたよ。それじゃ、おれがミス・フェアの使いだと言ったとき、どうしてミスター・アームストロングを紹介したんだい……担当副社長の代わりなのかい」

「そうねえ、それは――」受付嬢は不意を突かれた。「理由なんかないわ」

「ない？」ジョニーは意味ありげに尋ねた。

「ええ――もちろんよ！」

ジョニーがドアを抜けるとすぐに背後で閉まった。オフィスから出ると、彼は十九階の階段まで走り、エレヴェータを捉まえ乗りこみ、急いでビルのロビーに降りた。

第五章

ジョニーが四十二丁目通りを西に歩いて行くと、ポケットで四十セントがチャラチャラ鳴った。ステーキぐらいは喰える。

レコード店を通りすぎると、いきなりきびすを返して店に入った。

「コン・カースンの最新のレコードは何だい？」彼は店員に尋ねた。

「〈地下鉄のチャペル〉、ヒット曲ですよ！」

「そうか、それならおれも持っている」

ジョニーはぞんざいにそう言ったが、どうして店員が嫌な目つきで自分を見るのか不思議に思った。

「それよりも新しいレコードだ……〈砂漠の月〉とかなんとかいうやつ」

「そんなレコードはありません」

「マリオタ・レコードのだ」ジョニーははっきりと言った。「探してくれないか？」

店員は動こうともしなかった。

「ありませんよ、お客さん。コン・カースンはコンチネンタル・レコード社の所属です。それらなら全部で四十数枚ありますが……」

「そうか、だがな、おれはカースンがマリオタ社で〈砂漠の月〉という曲をレコードにしたのを知っているんだ……」

「あなたが話しているレコードがあるなら、五ドル差し上げましょう。無ければ十ドルもらいますよ」

「おれが正しければ十ドル頂こう。間違いなら二十ドル払うよ！」

店員は同僚のひとりに合図した。

「シド、この人はコン・カースンがマリオタ・レコードで〈砂漠の月〉という歌をレコードに吹きこんだと言うんだ……」

二番目の店員シドはにやにやした。「そんなことってあるかね？」

「二十ドル払ってもいいそうだ。おれが負ければ十ドル出す」ジョニーは説明した。

「あんたの負けさ」シドは言った。

ジョニーは電話を指さした。

「マリオタ・レコードにかけてみな……」

最初の店員はためらった。

「賭けるのかい？」

「二十ドル対十ドルだ」

「おれは十ドル対五ドルにしておく……」

ジョニーは二番目の店員シドを指さした。「あんたも同じかい？」

「うますぎる賭けだな」シドは叫んだ。「でも金をくれるというなら……マリオタに電話してみろよ、ジョー……」

ジョーは電話器のうしろの壁に貼った電話番号リストをふり返ると、マリオタの番号を回した。

「コン・カースンがマリオタ・レコードでレコーディングしたことあるかい？　何だって……？」彼の顔はがっくり垂れた。「わかった、ありがとう」

彼は受話器を置くと同僚を見つめた。

「カースンは死ぬ前にマリオタでレコーディングしている……」

シドはたじろいだ。

「な――なんというタイトルだ？」

「〈砂漠の月〉さ」ジョニーは得意げだった。

ジョーは不機嫌そうにうなずいた。

「どうだい、お笑い草だ」ジョニーは続けた。「身銭を切るんだな」

ふたりのレコード店員は視線を交わした。そしてシドがわめいた。

「そんなレコードはまだ発売されていないぞ？」

ジョーは首をふった。「いや、しかし……」

それから彼は同僚の言葉をくみ取って顔を輝かすと、ジョニーに向かって言った。

「小賢しいあんちゃんよ、あんたは先に情報を仕入れてここにきたんだな」

「先取りした情報だと」ジョニーは嚙みついた。「コン・カースンは二日前に死んだ。おまえさんたちは商売人だろう――マリオタでカースンが吹きこんだレコードのことを知らなくて、だれが知るかね？　おれか？　おれはレコードをどうやって作るのかさえ知っちゃいねえ……」

「出て行け、おい」ジョーは唸った。「こいつ……！」

ジョニーは両手の掌をガラスのカウンターに置いた。「十ドルずつもらおうか」

「やつが言ったことを聞いたか」シドは口をはさんだ。「出て行け。ぐずぐずしているとためにならんぞ」

「二十ドルくれたらな。二十ドル出すか、このカウンターを壊すか……」

年配の男がカウンターのうしろからのっそりと出てきた。

「おい、何をしているんだ……?」

「取りこみ詐欺ですよ。ミスター・ベザーライズ」ジョーは泣き言を並べた。「このペテン野郎が店にきて、おれとシドに一杯喰わせようと……」

「わたしはレコードを買いにきたんです」ジョニーは冷静に言った。

「するとこの――この店員が」とジョーを指さし「思いもつかない冗談を言うんです。賭けてもいいが、コン・カースンはマリオタ・レコード社からレコードを出したことなど絶対ないって言い張るんです……」

「カースンのレコードはないよ」ミスター・ベザーライズは答えた。

ふたりの店員は顔をしかめた。

「それはかれらも言ったことです。わたしに十ドル対五ドルで賭けようと言い張りました。それで……」

彼は話をやめふたりの店員を見つめた。かれらはミスター・ベザーライズを罠に追いこもうとしていた。しかしジョニーには味方が必要だった。

「カースンは亡くなる直前にレコードを吹きこんでいたんです。おたくの店員はマリオタ社に電話で問い合わせて――」

ベザーライズは顔をしかめた。

「それは本当だったんだな？」

「ゲームですよ」シドは叫んだ。「やつの罠にはまったんです――あなたみたいに」

「わたしが？」ベザーライズは憤った。「このわたしがそんな手に乗ると思っているのか。おまえたちに思い知らせてやる――賭けをしたならきちんと払ってやれ……」

「十ドルもらえば勘弁してやるよ」ジョニーは言った。

それは誤算だった。ジョーはポケットから三ドル出した。

「おれにはこれきりない……ランチ代すら残ってない……」

「おれは二ドルしかない」シドは調子を合わせた。彼はわきを向きポケットの奥底からこそこそと小金を取り出した。

「十ドルだ」ジョニーはきっぱり言った。

「五ドルで許してやってくれ」

ミスター・ベザーライズは同情して口を添えた。ジョニーはためらったが、やがてその金を受け取った。彼はレコード店の三人にウインクすると外に出た。

「男なら喰い扶持ぐらいは稼げるもんだ」

ジョニーは大喜びでほくほくしながら四十二丁目を歩き続けた。

彼は六番街近くで同じことをふたたび試みてみた。しかし同じ穴のムジナはいなかった。レコード店員はコン・カースンに全くつれなかった。七番街と四十三丁目のレコード店にはコン・カースンのファン店員がいて、ジョニーと議論になったが賭けには応じてこなかった。そこでジョニーもあきらめた。この賭けを繰り返すのは難しい。それでも懐中には五ドル四十セントある――しかしサムのスーツを受け出すには、利息も入れるとまだ六ドル八十セント不足していた。

第六章

　メイドは三回ノックしたが、サムはまだベッドの中だった。四回目はもうノックしなかった。彼女は合鍵を使って部屋に入った。サムはベッドカヴァーを顎まで引き上げた。

「まだ寝ているんだぞ！」

「節穴じゃないんだよ、わたしの眼は！」メイドもやり返した。「それにこの階はどの部屋もすっかり掃除し終えたのよ。あとはここと、ほかには……」

「タオルだけ置いて行け」サムは命じた。

「もうこないからね」メイドは警告した。

「ああ、いいよ。掃除をことわったのであまり気分はよくないが、ルームメイトがベッドを動くなと、おれに言いつけたんだ」

　メイドはせせら笑ったが、タオルを置くと出て行った。サムはベッドから出て窓辺に行った。換気筒ごしの向かい部屋で、だれかが写真のフラッシュをたいていた。

　ドアをふたたび拳で叩く強い音がした。サムは急いでベッドにもぐりこむ。

「何か用か？」

　ひとりの男がドアを開け、「今日は消毒日です」と告げた。

「間に合っている」サムは叫んだ。「まだベッドにいるのが見えないのか?」

「わかってます。けれど月に一回の消毒日です。消毒しなければ虫がうじゃうじゃわきますよ。今日やらなければ……」

「出て行け!」サムはどなった。

サムがベッドカヴァーを剝いで立ち上がるまで、消毒員は仁王立ちで待っていた。だがサムの体格を見るや、慌ててドアをバタンと閉めて出て行った。

二分後、ウエイターが朝食の食器を回収にきたが、トレイにチップが置いてないのを見て、腹立ちまぎれに汚れた食器同士をガチャガチャぶつけた。

五分後、清掃員がノックした。週二回、電気掃除器で室内を清掃することになっているという。サムはベッドから電話帳を投げつけ、清掃員を追い払った。彼が出て行って四分ぐらいすると、またノックの音がした。サムは大声で毒づくと、うかつにもズボンなしで戸口に向かった。彼はいきなりドアを開けた。

「今日はいったいどうなっているんだ?」彼はわめいた。

エディ・ミラーがサムを見上げていた。「おはようございます、ミスター・クラッグ」彼は気安く声をかけた。

「エディか」サムは嚙みついた。「ここはグランド・セントラル・ステーションか? 今日は入れ替わり立ち替わりドアを叩きやがる」

「まあ、人には人の仕事があるもんで……」

「客が自分の部屋に入ってもらいたくないときでもか?」

「ここはしがないホテルでしてね。それぞれ係員を抱えている大ホテルとは違うんです。清掃員は外部からくるんですよ。かれらは月に一回だけやってきて、安ホテルをざっと掃除するんです。このホテルは客を終日部屋に居させたくないんです。電気代はかかるし、それに……」

「けどよ、おれは今日び具合が悪いんだ。どうあっても、病人はベッドに寝ていられないのかい？」

「病気には見えませんが」

サムはベッドに戻り腰かけた。彼はわざとらしい空咳をしてみせた。

「一日中ベッドにいることになるかもよ」

エディは部屋に入ってきて一応バスルームを覗いた。クロゼットの中にも首を突っこもうとしたが、ドアが一インチも開いていなかった。エディはクロゼット近くの壁面にもたれかかり言った。

「ねえ、ミスター・クラッグ、わたしの仕事は楽しいことなんかあんまりありません。一日がかりでしみったれの客から十セントか、二十五セントを絞り取ることぐらいです。大ホテルなら一ドルになる仕事でも、このあたりのホテルじゃわずか十セント稼ぐのだって容易じゃない。唯一面白いのは、あなたとミスター・フレッチャーが無一文になってここに居るときですよ。そんなときでなくては、あなた方はここに居ませんからね。ミスター・フレッチャーがピーボディをどなりつけ、彼をぎくりとさせるのは愉快ですな。わたしはあなた方の味方ですからね。何が起こっているのか知りたいですな」

「何も起こっておらん」

「今日、このホテルで客が殺されたんですが、あなた方はそれに関係あるんでしょう」

「とんでもない！」

「それならどうしてミスター・フレッチャーはホテルを出るときに、わたしから情報を聞き出そうとしたんですかね？」

サムは飛び上がった。「あいつは事件に巻きこまれるようなことはしないって約束したんだ」

エディ・ミラーは左手を伸ばすと、クロゼットのドアの隙間に指を差しこみ、簡単にドアを開けた。

「それにあなたは今日どうして上着を着ていないんですか？　もう昼の十二時ですよ。それに――」

エディは空っぽのクロゼットの中を覗きこんだ。

「おれは病気だと言っただろう」

「あなたがいままで病気になったことなどありますか」

厚かましくもエディ・ミラーはクロゼットのドアを思い切り開けた。

「あなたのスーツは？」

「いま洋服屋に行っている……プレスにな……」

「そいつはひどい話ですね。こんなに客を待たしておくなんて」彼は部屋を横切りはじめた。「洋服屋に電話して、どうなっているのか確かめましょう」

サム・クラッグはエディの伸ばした手から受話器をひったくった。

「一分前に電話したばかりだ」

「もういちどやってみましょう」

「余計なことはするな、エディ」サムは唸った。

エディの眼にふと明かりが灯った。

「そうか、それで今朝、彼は金を手に入れたんだ！」

「いったい何の話をしているんだ」

「ミスター・フレッチャーは十ドルだけ借金を支払ったんです。あなたのスーツを質入れしたんですね？」

サムはベッドに座り直しうめいた。

「ピーボディが昼におれたちをこの部屋から締め出そうとしたからだ」

エディ・ミラーは深呼吸をした。

「この話はいままで聞いた中では傑作だ――彼はあなたのスーツを質に入れ、ひと儲けするまで、あなたはここで寝ているというわけですな。やれやれ」

「他人には黙っていろよ」サムは念を押した。

「ああ、それはご心配なく、ミスター・クラッグ。彼がひと儲けしたときに、そのやり口を教えて頂ければね」

「あいつは外出中だ。おれたちの本を売っているやつから金をせびりに行っているんだ」

「どうしてあなたのスーツを質入れする前にそうしなかったんですか？」

「残念ながら、モートは不在だった」

ドアにノックがあった。やさしいが断固としたノックだった。エディはどうしますかとサムに眼を配った。サムは肩をすくめ叫んだ。

「入れ！」

ドアが開きスーザン・フェアが入ってきた。サムはちらっと彼女を見て、急いでベッドにもぐりこみ、カヴァーを胸まで引き上げた。

「お願いだから……」

「わたしはスーザン・フェアです」娘は自己紹介をした。「あなたは……ご存じですか……わたしの姉のことを？」

サムはエディ・ミラーにめくばせした。ボーイ長はそっとスーザンの背後に回った。「すみませんが、ミス」彼は穏やかに言った。「わたしは用事があるので失礼します……」

彼は出て行きドアを閉め、あとにはサムとスーザンが残された。スーザンは前に進み出た。

「わたしの姉は殺されたんです」彼女はこわばった表情だった。

「ああ、知っている」サムは答えた。

スーザンはサムごしに窓を見た。向かいの部屋は姉がむごい運命に出会った場所だった。

「あなたは姉に一番近い隣人だったんですね。この数週間に姉とはずいぶん顔を合わせたでしょう。そのときに……」彼女は言葉を切った。

「お姉さんとは口を利いたこともありませんでしたよ」サムは残念そうに述べた。

「でもお近くに泊まられているし、窓があるので……ときには、いやでも眼にされたことでしょうね」

「ええ、それは。窓ごしになんどか見かけました。ただ……」

「はあ？」

「まあ、ジョニーとぼくは――最近女性とはあまり縁がないもので……」

「ミスター・ジョニーとはルームメイトですの？　ここにおふたりで泊まられていると伺いましたが？」

「ええ、ジョニーはぼくの相棒です。もう長年の付き合いでね」

「ごめんなさい。ご病気でしたわね」

「いや、それほどの……なんて言うか、気分があまりすぐれなくて。それで今日のところはベッド暮らしです」

スーザン・フェアは擦り切れたモヘア張りの椅子に腰を下ろした。

「姉とわたしは、姉が一年前にニューヨークに出てくるまでずっと仲よしでした。彼女は美声の持ち主なんです」

「そうですか？　でも歌は聞いたことありませんでした」

「姉は万事うまくいっていると手紙をよこしました」スーザン・フェアは続けた。「しかしその手紙もだんだんに少なくなり、最近は何かを隠しているように、わたしには思えました。それでニューヨークにやってきたのです」彼女は言葉を切り唇を強く嚙みしめた。

それからまたやさしく話し出した。

「わたしが出てくるのが遅かったんです……あまりに遅すぎたんです……」

サムはぎこちなく咳払いをした。「お姉さんはすこぶるベッピン、いや、すばらしいお嬢さんでした」

「姉は美人でしたわ！　それに……心もやさしくて……」

第七章

ジョニーはカウンターに置いた無記入の薄い小切手帳を軽く叩いた。

「さてと、単刀直入にいこう」ジョニーは銀行の窓口係に話しかけた。「この小切手帳は五十セントと書こうが、五十ドルと記そうが、一枚十セント取られることになっているが……」

窓口係は首をふった。

「当行ではお客様のご預金に対して十枚綴りの小切手帳を差し上げます。いくらご預金なさってもかまいませんが、小切手の振り出し金額はご預金の範囲内とさせて頂きます……つまりお客さまは五ドル預金されましたので、小切手は一枚でも十枚でも、合計五ドルまでならお役立て致します……」

「わかったよ」とジョニー。

窓口係は心配げに額にしわを寄せジョニーを見送った。十枚綴りの小切手帳は銀行にとって厄介な代物だった――小切手を振り出すのが好ましくない客も少なくないからだ。

七番街をジョニーは一ブロック半歩くと男性用アクセサリー店に入った。帽子を選び、結局四ドル九十五セントの帽子を買った。支払うときにポケットを探り叫んだ。

「いけねえ、金を持ってくるのを忘れた。小切手じゃだめかい……?」

彼は十枚綴りの小切手帳を引っぱり出した。

店員は肩をすくめた。「お買い物の金額を書いて下さい」

ジョニーはうなずいて小切手に四ドル九十五セントと書き入れ、その帽子をかぶって店を出た。同じブロックで彼は楽器店に入って行き、ハーモニカを四ドル五十セントで手に入れた。店員はジョニーの小切手を改め、最後に受話器を取り上げた。

「構いませんか？」

ジョニーはうなずいた。

楽器店員は銀行に電話し、ジョニーの四ドル五十セントの小切手が有効であるのを確かめた。ジョニーはハーモニカを持って店を出たがいささか不安だった。もういちど銀行に電話されたらアウトだ。

彼は八番街に歩いて行き、ドアに三つの金の玉が下がった店に入った。ベン質店、主人はかなり若くジョニーを見てぶつくさ言った。

「スーツの受け出しですか？」

「いや、まだだ。実はな」ジョニーは切り出した。「もう少し金が入り用なんだ」彼はフェルトの中折れ帽を脱いだ。「新品だ」

「かぶってしまえば中古です……五十セント」

「冗談じゃない」ジョニーは喰ってかかった。「昨日九ドル五十セントで買ったばかりの帽子だ」

「内側の値札には四ドル九十五セントとあります。せいぜい七十五セント止まりですな」

ジョニーはハーモニカを取り出した。それはまだ箱入りだった。

「これはどうだい？」

「あのねえ」ベン店主は叫んだ。「万引き品じゃないでしょうな？」

ジョニーはむっとした。「いくらになる？」

「帽子と同じ――七十五セント」

「ベンおやじよ」ジョニーは哀れな声を出した。「時計はミネソタ州ダラスの質屋に入れ、本物のダイアモンド指輪はアイダホ州ポカテロの小さな店に置き、オーヴァーコートはカンザス・シティに、雪靴はアリゾナ州タクスンさ――」

「せちがらい世の中ですからな」ベン店主は同情した。

「あんたのようなやからがせちがらくさせているんだ。言わせてもらえば、おれはかなり質屋慣れしているんだ。どんな質草でもニッケル一枚（五セント）までわかっているんだ。あんたはこの偉大な大国で、おれの出会った質屋の中でも、もっともしたたかでせこい店主だよ」

「したたかでなくて、この商売が勤まりますか？」ベン店主はほざいた。「質屋に駆けこむような連中にいくらか埋め合わせをしているんです。二ドル出しましょう。それ以上びた一文出せません」

「三ドルにしてくれ」ジョニーは懇願した。

ベン店主はキャッシュ・レジスターを鳴らすと二ドル五十セントを取り出した。

ジョニーはその二ドル五十セントを銀行に持って行き、残しておいた四十セントと合わせて預けた。これで預金残高は七ドル九十セントになった。

次に、六番街のジュエリー店で客となった。九ドル九十五セントの見映えする腕時計を七ドルに負けさせて買い店を出た。ジュエリー店は銀行に電話しなかった。同じブロックで彼は一泊旅行用スーツケースを買った――本革の製品で七ドル七十五セントした。その店も銀行に電話をしなかった。そこでジョニーはいい気になり、もう一軒のジュエリー店に立ち寄り、安物の結婚指輪の値段交渉をした。すると店員は電話に手を伸ばしかけた。ジョニーはどなりつけた。

「こんなうす汚い店の分際で何だ?」彼は嚙みついた。「安物の結婚指輪を買ってやろうという客を信用できないのか」彼は店員に買おうとしていた指輪を突き返した。

「こんなものいらねえよ」ジョニーはかんかんに怒ったふりをして店をおん出た。

しかし彼の運も尽きた。あの店員は腹いせに銀行に電話したかもしれない。彼はスーツケースと腕時計を持って八番街の質屋に行った——ベン質店から二ブロック離れていた。そこで質入れし四ドル三十セント稼いだ。それをまた銀行に持ちこみ、預金残高を十二ドル二十セントにした。

それでもまだ手元には小切手用紙が六枚残っている。

その後二時間で、彼は預金を九十四ドルにまで増やし、小切手帳をもう一冊買った——同じ窓口になんども行くのはまずいと考えて、別の窓口に行った。

もう午後一時だった。ジョニーはセルフサーヴィス・レストランに入り、ハムサンドとコーヒーを摂った。ちびた鉛筆で自分の財政の苦境、ぶっちゃけていえば懐具合の苦しさを計算してみた。

銀行には九十四ドルの預金があるが、未払いの小切手は二百九十六ドル。明朝までに二百二ドルを銀行に振りこまなければならない——さもないと刑務所行きになる。ポケットには十六ドルあり……さまざまな質屋に二百九十六ドル分の商品を質草として預けてある。受け出しには利息を含めると百六ドル必要であり、懐中に四ドル残ることになる。

彼は質札をえり分け、レストランを出るとタクシーに乗った。さまざまな質屋を回って小切手を切り、預けた商品を取り戻した。それから五十九丁目のコロンブス・サークルに向かい、別の質屋にすべての商品を九十二ドルで質入れした。そしてタクシーを降りて代金四ドルを支払い、銀行に直行すると預金から二ドルを残して全額引き出した。窓口係は現金を三度も数え直し、それでもしばし差し出すのをためらっていたが、やっとのことで手渡してくれた。

ジョニーは百八十四ドルをポケットに銀行をあとにした。レキシントン・アヴェニューに渡り、その銀行で新たに二十ドルを預金し小切手帳をもらった。これだけの実質預金があれば、三十分以内にまともに百五十ドル、百二十五ドル、百二十五ドルの腕時計三個を買っても、三軒のジュエリー店とも銀行に電話をしなかったので、まったくトラブルはなかった。客を信用しないのは五ドルや十ドルの小物を売る店だけだ。

ジョニーはレキシントン・アヴェニューの質屋に三個の時計を総計百三十ドルで質入れすると、第二の銀行にとって返し預金から百五十ドルを引き出し、ちょうど三時の閉店前に五番街の銀行に行き、二百五十ドルを預金して預金通帳をもらった。

彼のポケットにはまだ三十九ドルの現金が残っている。タクシーを拾うと町を横切り、ベン質店からサムのスーツを受け出し、四十五丁目ホテルに戻って行った。

第八章

エディ・ミラーはホテルの館内に立ち、憂鬱そうに四十五丁目通りを眺めていた。ジョニーがホテルへ入ってくるのを見つけると急に顔が輝いた。

「うまくやりましたね！」彼はジョニーが手にしたサムのスーツを指さし叫んだ。

「何が？」

エディはにやりとした。「そのスーツ、虫干しから出してきたんでしょう？」

「当たり前だ」

「ようござんした、ミスター・フレッチャー。サム・クラッグがわたしに話してくれました。ピーボディから締め出しをくわないように、今朝そのスーツを質入れしたんでしょう。あなたは無一文だった。それでもわずか二、三時間で、スーツを質屋から引き出せる充分な金を手にしたんですね」彼は感服したようにうなずいた。

ジョニーは咳払いするとポケットから預金通帳を取り出した。

「おまけに貯金も増えたし……」

彼は通帳を開くと、エディにその金額を覗かせた。

「二百五十ドル！」エディはおったまげた。

彼はうっとりとしてジョニーを見つめた。「ミスター・フレッチャー、この分なら二、三年すれば百万長者になれますね」

彼は感嘆をこめてジョニーの腕を握った。「教えて下さいよ——どうやってそんなに金を稼いだのか……」突然頭にひらめくものがあった。

「預金通帳を偽造したとか？」

「冗談言うな、そんなことしたらうしろに手が回る」ジョニーは怒った。

彼は分厚い一ドル札の束を取り出した——有り金のすべてを。しかしエディはジョニーがほんのちらっと見せただけなのを気づかなかった。

「取るに足らない小銭だがな」

「へえ、すごい！」

ジョニーはウインクしてホテルに入って行った。八二一号室のドアを開けると、サムがベッドに座って〈考える人〉のポーズを取っているのが眼に入った。サムはスーツを見ると飛び上がった。

「やっと戻ってきたのか、ジョニー！」

「当たり前だろ」ジョニーは憤然として言った。「約束したじゃないか」

「モートに金をせびったのか？」

「モート……」ジョニーは悲しげに言った。「やつは店じまいしていた。家賃を払わないんで追い出されたんだ」

「それじゃどうやって金を手に入れたんだ？」

ジョニーはサムのスーツを質屋から受け出すために、そうせざるをえなかったあれこれを考えた。

「それはな、サム」彼は穏やかに言った。「神様とおれだけの秘密さ……」

「ふーん？」

ジョニーはスーツをベッドに投げ出した。「文句言わずに着るんだ。おまえの毛むくじゃらの脚は眼ざわりだ」

サムはズボンを履いた。「今朝、この脚を拝んだやつは大勢いるんだぜ……！」彼は大きな頭を一方に傾けた。「あんたが見たこともないレディを含めてな」彼は窓を指さした。「あの彼女の妹だ」

「おれが窓ごしに見た女だな」

「おれは窓ごしには見なかった。彼女はここにきて――あんたが腰を下ろしている椅子にきちんと座っていた」

「スーザン・フェアがこの部屋にきたのか」

サムはうなずいた。「そうさ、その女だ。彼女は姉よりはるかにきれいだった……」

「用事は何だ？」

「おしゃべりよ。ただしゃべりたかったんだ。どうって話はなかったが、このホテルに泊まっているんだ」

「何号室だ？」

「この上階の九二一室だ。彼女はあんたとも話したいと」

ジョニーは立ち上がるとドアに向かった。ノブをにぎると回した。

「おまえは今朝、大勢の人間に毛むくじゃらの脚を見せたと言ったな……ミス・フェアのほかにだれとだれだ？」

「うーん、ピーボディとお巡りと……今朝、あんたの出かけているあいだにわんさと人がきたよ」

「だれが？」

「メイド、消毒屋、清掃員。男が——そう——二度きたな……」彼は顔をしかめ考えた。「あれはおかしいぞ。考えてみると同じ男じゃない……二番目のやつは、そうだ——」

「どんなやつだ？」

「最初の男みたいな作業服を着ていなかった」

「それで何者なのか、どうやってわかった？」

「清掃会社からきたと言っていた……やつらが代わる代わるにやってくるんで、おれは腹を立てていた。そこでそいつがドアを開けたとき、電話帳を投げつけてやったんだ」

「そいつはどんなやつだった？」

「気がつかなかったな。そいつが……男だったことくらいだ」

「サム、おまえが電話帳を投げつけた男は、マージョリー・フェア殺しの犯人かもな……」

サムは眼をぱちくりさせた。「な——なんだって……？」

ジョニーはドアから出ると背後で閉めた。彼は階段を九階まで昇り、九二一号室のドアをノックした。

「はい」中から声がした。

「ジョニー・フレッチャーです」ジョニーは呼びかけた。「ぼくに会いたいと伺いまして……」

スーザン・フェアがドアを開けてくれた。今度だけはサムが正しいとジョニーは感じた。彼女はたしかに姉よりも魅力的だった。

「お入りになりませんか?」

ジョニーは部屋に足を踏み入れた。彼の部屋と同じだった。ただベッドが二台ではなく一台だった。いったんドアを離れ、それから閉めようとしたスーザンを、ジョニーはじっと見つめていた。アイオワでは女性の宿泊客は男性の訪問客があると、ホテルのドアは開け放しておく。彼女もそうするはずだった。ところがここはニューヨークなのを思い出したのだ。

「お座りになりません?」彼女は誘った。

ジョニーは座ったが、彼女は立ったままだった。その顔はやつれていたが眼は輝いている。しかしほかの点ではそれほど緊張を見せていなかった。まだ極力自制しているんだなとジョニーは感じた。

「お姉さんのことはお悔やみ申し上げます」ジョニーはぎこちなく言った。

彼女は弔慰を受ける身ぶりを示した。

「わたしは殺人者が罰せられるのを見届けたいのです。姉の遺体は——故郷に送りましたが、わたしはまだここに留まるつもりです。解決するまでは……」

ジョニーは慰めた。「ニューヨーク警察署は世界一です。できるかぎりの——」

彼女はこらえきれなくなり言葉がとぎれた。

「いいえ!」

その言葉のあまりの激しさに、ジョニーは思わず彼女を見つめ直した。

「わたしが自分で犯人を捕まえるつもりです。そして復讐してやります……!」

ジョニーは立ち上がった。

「アイオワにお帰りなさい、ミス……」

「わたしはダグと長距離電話で話したんです」スーザンは続けた。「彼はここに飛行機でくるそうです。いっしょに――」

「ダグ？」

「ダグラス・エスペンシェイド。姉のフィアンセでした……」

ジョニーはまた椅子に腰を下ろした。

「お姉さんはアイオワに戻って、その人と結婚するつもりだったんですか？」

「そうです」

「しかし考えてみると……」

「姉は自分の歌声に賭けるのに一年必要だったんです。ダグは喜んで姉を送り出しました。その一年が――一カ月延びました」

「それでも帰らなかったんですか？」

「姉は手紙すら書いてこなくなりました。それが――わたしのここにきた理由です。わたしたちは心配でした。家族もダグも――」

「ご両親はご健在ですか？」

「はい。でもわたし――わたしは両親に話せないでいます。それでダグに電話したんです。彼から両親には告げてもらおうと」

ジョニーは眼を伏せ両手を見ていたが、やがて眼を上げると、スーザンの着ているすてきなベージュのスーツを見やった。

「ご家族はそれほど……金にお困りでも……？」

「まあ、そんなことありませんわ。父は小さいながらも事業をやっています」

「そのダグという人は？」

「デス・モインズでも大金持ちのひとりです。彼の父は大きなデパートを持っていました。二年前に亡くなりましたが、ダグはそのひとり息子です」

ジョニーは首をふった。「どうもわかりませんね」

スーザンはジョニーをちらっと見て当惑気味だった。

「あなたのご家族は貧しくないし、姉さんのフィアンセも百万長者——そう、大金持ち……それなのにお姉さんは部屋代も払えず追い出されようとしていた……」

スーザンはしばらくジョニーを見つめていたが身を切るような切実な声を上げた。

「それが問題なのよ！　姉が帰ろうともしなかったわけ、手紙も途絶えた理由が。お金もなかったのに、姉は故郷のだれにも知らせたくなかった。そこが姉らしいところなの。それを認めるなら死んだ方がましというくらいプライドが高くて……」

ジョニーもスーザンも、マージョリー・フェアが本心では何を計画していたのか知らなかった。

ジョニーは質問した。「お姉さんはあなたに手紙を書いていたんですね——ニューヨークでの生活についての——その手紙がこなくなった？」

「ええ、そうです。週に二、三回はくれていました。わたしには何でも話してくれました。自分がしたことや、出会った人たちのことなど——」

「お姉さんはそのころマリオタ・レコード会社で働いていたことはご存じでしたか？」

「ええ、姉は契約の仕事をしていました。でもその希望は——」スーザンは言葉を切ると、厳しくジヨニーを見つめた。「あなたは姉とは話したこともないと、ルームメイトの方の話でしたが」

「ありませんね」

「それではどうして姉のことをそんなにご存じなのですか?」

「今朝、マリオタ・レコード会社に行ってきたんです」

「どうして?」

ジョニーはためらった。「今朝、警部補が部屋にやってきて尋問されたのです。ぼくを殺人者に仕立てれば筋が通ると思いこんでいるようです。つまり容疑者扱いにされましてね。そこでたまたまマリオタ社の近くまで行った折に訪ねてみました……」

「何か気づきましたか?」

「彼女はそこで働いていたんですが、六カ月前に辞めていました」

「わたしにお尋ねになればわかりましたものを」

「とはいっても、今朝、知り合ったばかりじゃありませんか」

スーザン・フェアはジョニーをしげしげと眺め、考えこむように眉間にしわを寄せた。それからおもむろに言った。

「ミスター・フレッチャー、あなたのお仕事は何ですの——どうやって生活されているんですか?」

ジョニーは肩をすくめた。「わたしは本のセールスマンです」

「すると、ご一緒に泊っておられる大柄な方は?」

「あれはアシスタントです」

「ご病気かしら」

「えっ、いいえ。今日はベッドで寝ていたいと思っているだけで」

スーザンは深く息を吸いこんだ。「ルーク警部補とホテル・マネジャーは、あなた方と話したあと姉の部屋に戻ってきて、あなた方のことを……なんとか言っていました……」

「想像はつきます」

「ハスラーって何ですか？」

ジョニーはうす笑いをうかべた。「ぼくをそう呼んだのは――ピーボディですか？」

「そうです」

ジョニーは軽く咳払いをした。「ハスラーという定義はいささかいいかげんなものです。一般的には働かないで暮らしている人間を指します。働くとは定職の仕事のことですが」

「それで、あなたはどうやって生活しているのですか？」

「ニューヨークのハスラーはタイムズ・スクエアあたりに何百人といて、取るに足らないはんぱ仕事でその日暮らしをしています。そこいらでサイコロ賭博してはカモを引っかけたり、あるいは数当て賭博でわずかな賭け金を集めています。競馬の予想屋もいますし、スコッチのボトルを集めては売っている者もいます。あらゆるところで小金を稼いでいます」ジョニーは首をふった。「ぼくは自分がハスラーなんて考えたこともありません。歴とした書籍セールスマンで、おそらくこの国ではピカイチのはずです……」

「でも、ミスター・ピーボディはあなたが部屋代を三週間も溜めていると言っていました。いまでも……」

「それはあなたの姉さんとどっこいどっこいです」

ジョニーは立ち上がると、スーザン・フェアに笑顔を見せ部屋をあとにした。

八二一号室に戻ると、表に出られる服装をしたサム・クラッグが、ジョニー・フレッチャーを待っていた。

「人は裸になって初めて衣服のありがたみを知るな。いままでの人生で、今日ほど裸がみじめだったことはない。特にきれいな姐ちゃんがここにきたときにはな」

「ベッドに入っていなかったのか？」

「寝ていたよ。でもな、ズボンも履いていないことが恥ずかしかった。ところで彼女をどう思った？」

「ピーボディのやつが彼女に、おれのことをハスラーだなんてぬかしたんで、おれのことをよく思ってないようだ」

「あんちくしょう、ピーボディめ」サムは唸った。「考えてもみろよ。あの娘の姉を部屋から締め出そうとしたんだぜ。いつかあいつがへまをやったら、客を部屋から追い出せなくなるように長いいとまをくれてやる」

ジョニーはサムのベッドに行きカヴァーシーツをめくった。サムはメタル・レコードを手に取りぶつくさ言った。

「これを聴いてみようか、サム？」

「ああいいよ。でもプレーヤーもないのに、どうやってかけるんだ？」

「レコード店にあるじゃないか？」

ジョニーは古いサタデー・イヴニング・ポスト誌を拾い上げると、ページのあいだにレコードをはさみ、ドアに向かった。そのあとをサムが追った。

ロビーに降りると、ピーボディはデスクのうしろでかれらに渋い顔をした。ジョニーは委細かまわず近づいた。

「おい、おまえには少しばかり借りがあったな……?」

「憶えていて下さって光栄ですな」ピーボディは苦い顔をした。

「いくらだった?」

「二十四ドル六十五セントです」

「ふん、それっぽっちか?」

「それでもう沢山です」ピーボディはいやみたっぷりに言った。「ですが、いま支払う持ち合せがないというのは勘弁してくださいよ」

ジョニーは胸のポケットから財布を引っぱり出し、八分目ほど開いた。

「ちくしょう!」彼は叫んだ。「現金を持ってくるのを忘れた。あれは銀行で……そうだ、小切手でもいいかい……?」

「あんたから小切手をもらってどうするんですか?」

ジョニーは舌を鳴らした。「いままで不渡りの小切手を渡したことがあるか?」

ジョニーはポケットから預金通帳を取り出し開いてデスクに置くと、気取って小指でレスター・ピーボディの方に押し出した。ピーボディは鼻を鳴らし通帳を取り上げた。それから思わず入れ歯を飲みこみそうになった。

「二百五十ドル!」

「便利なように近くの銀行で開いた少額の口座だ」ジョニーはすました顔で言った。

「とても信じられない！」ピーボディは叫んだ。「今朝は無一文だったのに――」

「先週話したろう。実家からの送金だ」

「送金！　実家！　宿もないくせに――」

「腹が立つやつだな」ジョニーは小切手帳を引き出すとふりかざした。彼が開いたまともな預金口座の銀行小切手帳だ。するとサム・クラッグが急に肘を突っついた。

「よせよ、ジョニー！」彼はしゃがれ声でささやいた。

ジョニーは相棒を無視し、デスクのペンに手を伸ばした。

「百ドルと書きこむか。そうすればとりあえず今晩の現金はたっぷりだ」

レスター・ピーボディはむっつりとしてジョニーをにらみつけた。

「銀行の営業はもう終っています。しかしまだ午後四時三十分です。この銀行なら、わたしも窓口係のひとりを知っていますそれでも小切手で支払いますか？」

「ああ、当たり前だ」

「いいでしょう。金額を書いてください――でも一分だけ待ってください」

ジョニーはあくびをしてデスクに肘を突いた。ロビーの向こう側では、エディ・ミラーがネズミ穴を覗きこんでいるイタチのような目つきで、ジョニーを見張っていた。

レスター・ピーボディはデスクのうしろのオフィスに入りドアを閉めた。

「やつは銀行に電話しているぜ」サムはジョニーにささやいた。

「あたり前だ」

「見つかるぞ、ジョニー」

「もちろん」

「おれたちはあの銀行に一セントだって預金はない——ほかのどの銀行にもな」

「気は確かか、サム。おれはいま三つの銀行に口座を持っているんだ」

「おい、やめとけ、ジョニー！」

レスター・ピーボディはオフィスから出てくると顔を赤らめていた。

「今日の午後に口座を開設したばかりなんですね」

「そう言ったはずだ」

レスター・ピーボディはジョニーが書き上げた小切手を取り上げた。彼は小切手を穴の空くほど見つめ、指ではじき、引き伸ばし、それから首をふると、ぶつぶつ独り言を口にしてからキャッシュ・レジスターに向かった。彼はジョニーに七十五ドル三十五セントの釣り銭を現金で手渡した。

「言うまでもないことですが、ミスター・フレッチャー。この小切手が支払われるまで、口座からの引き出しは厳禁と、窓口係の友人にことわっておきましたから」

「あんたならそのくらいやりかねないと思っていたよ、レスター・ピーボディ」

ジョニーは楽しげに言って、現金を取り上げるとデスクから離れて行った。彼はロビーを抜けるまでずっと金を数え続けていた——エディ・ミラーのために。

かれらは回転ドアを通り抜け歩道に出ると、サムはジョニーの腕をつかんだ。

「ジョニー、どこでその札束を手に入れたんだ？」

「稼いだのさ」

「そりゃそうだが、どうやって……?」

「本当に知りたいのか?」

サムはジョニーのいささか厳しい顔を覗きこみ、いきなり首をふった。

「いや、いや、むしろ知りたくないね。心配だ」彼は咳払いをした。「お巡りがあたりにいやしないか?」

「いないよ」ジョニーは安心させた。しかしその舌の根の乾かぬうちに付け加えた。「明日もがんばらないと首が回らなくなる」

第九章

　七番街の大きなレコード・プレーヤー店に、ジョニーとサムは入りこみ、人あたりのよさそうな販売員と出会った。

「プレーヤーを見せてもらいたいんだが」ジョニーは愛想よく切り出した。

　販売員はかれらをマホガニー造りのレコード・プレーヤーに案内した。

「これはいま出まわっている中でも最高の製品です——高周波製品です。長短波のバンド、お好みの音色が楽しめます」

「このプレーヤーでレコードが聴けるのかい」ジョニーは尋ねた。

　販売員はジョニーのあからさまなぶしつけさにも笑顔を浮かべた。

「お客さま、これは極めつけの——未来マシンです。価格は千二百ドルいたします」

「そいつは高いな？　うむ、これでレコードを聴いてもいいかい？」

「もちろんです。同じ製品がここの試聴室にございます。何を聴かれますか？」

「うーん、ヴァイオリン曲の何かがいい。ベートーヴェン、さもなきゃラフマニノフ——いや、いや、チャイコフスキーが……」

　販売員はあいそ笑いを見せ、かれらを試聴室に案内し出て行った。サムは鼻を鳴らした。

「千二百ドルだと。おい、ジョニー！　頼むから……！」

「おれは長短波バンドのよい音色が好きなんだ、サム」

販売員は数枚のレコードを両手で抱えて戻ってきた。ジョニーはそれらを受け取った。

「自分でかけてもかまわないかい？　いずれかけ方を憶えておかなくてはな」

「お望みなら、どうぞ。わたしはショールームにおりますから」

販売員は去った。

ジョニーは持ってきた雑誌のあいだから、コン・カースンが録音したレコードを取り出すと、千二百ドルのプレーヤーに乗せた。スイッチを一つ二つ捻ると、プレーヤーのアームが回って針がレコードに下りてきた。

サムは革張りの椅子に座って、最新の――そして最後の――コン・カースンのレコードをゆったりと楽しんだ。聴き慣れた声が砂漠に輝く月を歌いはじめた。ジョニーにとっては、その叙情詩はバカバカしく、メロデーもまったくピンとこなかったが、その声に何百万というコン・カースンのファンは熱狂しており、おそらくジョニーの耳の方がどうにかしているのだ。

サムは感動の声を挙げていた。「すばらしい歌声だ！」

「おれは気分が悪くなるね」ジョニーはうんざりして言った。「おまえは発情期のネコみたいにギャーギャー唸る声の持ち主の大ファンとして、この騒がしくわめく歌が彼のスタンダード・ナンバーに達していると言えるのか？」

「彼のベスト・ソングの一曲だ」サムは熱意をこめて褒めた。

「そんなにいい線をいっているのか？」

「もちろんさ！」

歌が終わり、針の引っかき音になった。ジョニーはプレーヤーに歩み寄って針を見ると、まだレコード盤の半ばだった。それからレコードはまた演奏をはじめた――〈砂漠の月〉の繰り返しだった。

ジョニーはプレーヤーを止めようと手を伸ばした。そしてスイッチに指を置こうとしたがやめた。カースンはまだ〈砂漠の月〉を歌っていたが、突然別の声が割りこんできた。その声は短くかすれたささやき声、怒気を含んだささやきだった。『ちくしょう、シーブライト！』と聞こえる。

その妨害にもかかわらず、コン・カースンの歌声は続いており、声量たっぷりな喉声で終わっていた。ジョニーはプレーヤーを止めた。

「二度録音していたんだな」サムは注釈した。

ジョニーはレコード盤をサタデー・イヴニング・ポスト誌にはさみ戻し、防音室のドアを開けた。すぐさまあの人あたりのよさそうな販売員が現れた。

「すばらしい装置だ」ジョニーは褒めた。

「見事なものでしょう」販売員も同調した。

「これまで聴いた中でベストだ。ところでおれたちがここにきたわけは、レコード針が一箱欲しくてね」

「針一箱……」販売員は言いかけて口をあんぐり開けた。

「レコード針だよ、ほら、旧式のやつで、百本十セントのやつ」

販売員は怒りのあまり咳きこんだ。

「そうかい。売りたくないなら他の店に行くよ」

ジョニーはそう言うとドアに向かい、サムは彼のわきを足踏みしながら付いて行き、販売員にやり返されないうちに出て行こうとそわそわしていた。

外に出るとジョニーは七番街を眺めた。次の角にある大時計は午後四時五十分を指していた。ふと思いついたことがあって、彼はレコードをはさんだ雑誌をサムに押しつけた。

「命がけでこれを守ってくれよ」彼はきつく言い渡した。

「どこへ行くんだ？」サムは驚いて尋ねた。

「あの娘に一杯おごろうと思ってね」

彼はポケットに手を突っこむと札を二、三枚つかみ出し、サムに手渡した。

「一、二時間したら戻ってくる。レコードを手から放すなよ――いいか……？」

「ああ、でも……」

ジョニーは急いで歩道を横切り、縁石に停車していたタクシーに近づき、ドアを開けると乗りこんだ。

「レキシントン・アヴェニューと四十二丁目の交差点まで行ってくれ」彼は運転手に命じた。「急いでな……」

「いまごろの時間なら歩いた方が早いよ」運転手は嘲るように言った。

そう言いながらも運転手は車をすばやくUターンさせ、一方通行の横断道路を東に走らせた。六番街までずっと轟音を立ててすっ飛ばした――そこで赤信号につかまった。五分後、いまだ五番街に立ち往生していた。やっと通り抜けると、こんどはマディスン・アヴェニューで渋滞に巻きこまれた。

ジョニーはしわくちゃの一ドル札を運転手に投げ、タクシーを降りた。

午後五時十分、彼は四十二丁目の大きなビルに入って行った。エレヴェータに向かい足をかけたが、その前を通りかかったマリオタ・レコード会社の受付係嬢を見かけると飛び降りた。彼女は明らかに隣のエレヴェータから降りてきたところだった。

彼女と一緒に男がいた。柔らかな物腰の洗練された人物で、二百ドルはするスーツを着こなしている。襟のボタン穴には真新しいカーネーションが差してあった。

「ダーリン！」ジョニーは叫んだ。「危なく見すごすところだった」

受付係の女性はふり向いて、ジョニーに冷たい視線を浴びせたが、すぐ気を取り直した。

「まあ、またあなたね！」

「実物そのものです、スイートハート。きみが通い慣れたレキシントン・アヴェニューの電車に乗る前に、一杯おごろうと思ってね」

「その一杯はミスター・ドニガーとご一緒しようと出かけるところです。あら――ミスター・ドニガー、こちらはミスター……」

彼女はジョニーの名前が思い出せないようで指を弾いた。

「フレッチャーです」ジョニーは名乗った。「思い出して頂けないのは残念ですな……」

ドニガーは肉付きのよいマニキュアをした手を広げた。

「はじめまして」まったく気乗りのしない声だった。

「ミスター・フレッチャーは」娘は当てつけるように続けた。「さきほどお話しした方です、ミスター・ドニガー……今朝方、ミスター・アームストロングに会いにこられました……」

いましがた聞いた話の相手に直接出会うと、ドニガーも急にいささか興味を示しはじめた。

「ああ、そう、フレッチャー、そうか、そうか」

「ええ」ジョニーはそう言うと娘にウインクした。「記憶力といえば、ぼくには自信がある。きみは名前を言わないで。すぐに思い出すから……」

「ヴァイオレット・ロジャースよ。特別な理由はないけど、ロジャース（RODGERS）にはDが入っているの」

「ヴァイオレット」ジョニーは叫んだ。「忘れるはずもない。ヴァイオレット・ロジャース。それで一杯の方は……」

「いいわよ、ご一緒に」ヴァイオレットはやさしく言った。「すぐそこのコモドールよ」

かれらはコモドールの小さな丸テーブルに着いた。ヴァイオレットはスコッチとソーダを注文し、スコッチのストレートを一息に空けた。ミスター・ドニガーはマーティニをすすり、ジョニーはふたりとは異なりダイキリを飲んだ。

「今朝は気取ってたわね、ミスター・フレッチャー」ヴァイオレットは一気に飲み干したあとで言った。「まるで刑事気取りだったわ」

「ジョニーと呼んでくれ」

「いつもキザなのね、ジョニー」

ヴァイオレットはウエイターの眼を捉えて、同じ酒をもう一杯と人差し指で円を作った。

「ぼくもそう思う」ジョニーはひかえめに言った。

「前に女の子が勤めていた場所というだけで、警察が終日あたりに張りこんでいるのは理屈に合わんな」ミスター・ドニガーはこぼした。「おかげで一日中、会社は大騒ぎだ」

「あなたは副社長ですか?」ジョニーは尋ねた。

「営業部長だ」ドニガーは答えた。

「副社長のように見えますね」ジョニーはお世辞を使った。

「あなたは社長に会うべきよ」ヴァイオレットは口を添えた。「社長はよそ行きの服を着た用務員みたいなの」

「名前は?」

「シーブライト、オーヴィル・シーブライトよ」

『ちくしょう、シーブライト』コン・カースンのレコード原盤の中の声はそうささやいていた。

ジョニーは尋ねた。「マリオタとはだれのこと?」

ドニガーは眼をしばたたいた。「マリオタ?」

「マリオタ・レコード会社の……」

ヴァイオレットはくすくす笑った。「おかしな人だと話したでしょう、ミスター・ドニガー? 『マリオタとはだれのこと』なんて、ふふふ!」

「マリオタなんて名前の人間はいない」ドニガーは顔をしかめた。「ただの呼び名だ」

「だれかの名前だろう――さもなきゃ何かの名称だ」ジョニーは言い張った。

「だれかの名前でもないし、何かの名称でもない」

「それじゃ会社がマリオタ・レコードと名付けたわけはなんです?」

ドニガーは渋い顔をした。「聞いたこともないね」

ジョニーがヴァイオレットを問いたげに見やると、彼女は首をふった。

「わたしはこの会社に入ってわずか三年目なのよ」

「そうか、ぼくはマリオタが何者なのか知りたいね」

二杯目の酒が運ばれてきた。ヴァイオレットはそのスコッチをソーダ割りにもせず喉に流しこんだ。それからジョニーをにらみつけた。

「さてと、ねえ、ジョニー・フレッチャー、わたしたちはあんたのお相手をしてきたけれど、たわごとを聞くのに一晩中ここにいるわけにはいかないわ」

「だれの、ぼくのかい?」

「そう、あんたよ。はっきり言いなさいよ——あんたはいったい何者なの? 今朝、ミスター・アームストロングに何の用があったの?」

「アームストロングが心配しているのか?」

ドニガーは小さな丸テーブルをいきなり高飛車に拳で叩き、ジョニーの二杯目のダイキリの貴重な数滴をこぼした。

「もうやめろ、フレッチャー、いらいらしてくる」

「わかったよ。はっきり言おう。マージョリー・フェアはあんたの会社で働いていた——どのくらい?」

「ほんの一、二カ月だ」

「彼女はラジオ放送に行けると思って、この仕事に就いただけよ」ヴァイオレットは辛辣に言った。

「そして会社にいるあいだ中、だれかれとなく取り入ろうとしていたわ」

「たとえば、ミスター・アームストロングとか?」

「彼は――」ヴァイオレットは思い留まった。「あんたの狙いはそこね――別の話を装いながら、いきなり自分の疑問に持っていくのね」

「これで終わりだ、フレッチャー」ドニガーは凄みのある声で警告した。

ジョニーはこの一見人当たりのよい人物を冷ややかに見た。

「コン・カースンの新しいレコードはいつ発売するんですか？」

この簡単な質問はドニガーに獰猛な牡のガラガラヘビを手渡した以上の効果があった。

「な――なんだと！」彼の息づかいが荒くなった。「何のことだ？」

「コン・カースンの新しいレコード――いつ発売するんですか？」ジョニーは繰り返した。

ドニガーの肥えた顎はなんども震え、やっと落ち着くと言った。

「どうやってそれを知ったんだ――わが社がコン・カースンのレコードを持っているのを？」

「レコード店の店員からだ」

「どこのレコード店？」ヴァイオレットが尋ねた。

ジョニーは思わせぶりに肩をすくめた「ああ、その辺の店さ」彼は明るく笑った。「ぼくは昔からのコン・カースンのファンでね。新しい彼のレコードがまだ出ないかと尋ねたら……」

「カースンは死んだ」ドニガーはさりげなく言った。「カースン・ファンならだれでも知っている」

「ごもっとも、しかし彼は亡くなる前にレコーディングをしていた」

「たまたまカースンは最後の旅に出かける二日前にマリオタ社との契約にサインした。これは業界では知られている事実だ――ある程度。だがカースンがうちの社でじっさいにレコーディングしたことは知られていないー」

「〈砂漠の月〉と呼ばれるレコードだ」

ドニガーはまた身体を震わせた。

「どーーどうしてそのタイトルを知っているんだ?」

「そこで取引だ。そちらはマージョリー・フェアについて話を聞かせてくれ」

ドニガーはふたたび震えだした。

「マージョリー・フェアについては何も知らない。この会社でタイピストとして働いていた。会社の女子社員として以外のことは聞いたこともない」

ジョニーは含みのある目つきでヴァイオレットを見た。ドニガーの顔が赤らんだ。

「わたしは所帯持ちで子供がふたりいる」

家族のことを考えたせいか、突然腕時計を見た。

「五時五十二分の列車に乗らなくてはいけない」彼は急いで立ち上がった。「ごちそうさま」

彼はヴァイオレットに会釈して、コモドールのドアに向かい、そのままグランド・セントラル・ステーションに直行して行った。

「あんたみたいな人は、ときどきその高慢な鼻をへし折られるといいわ」ヴァイオレットは言ってのけた。

「ごもっとも」ジョニーは楽しげに言った。「もう一杯いかがですか?」

「もう結構。二杯がわたしの限度よ」

ジョニーは肩をすくめた。

「そうねえ、どうしてもというなら付き合ってもいいわ!」

彼女は考え直してウエイターに再注文の合図をした。

「さて、これで一切のじゃまものはなくなったわ。あんたがマージョリー・フェアに興味を持っているわけは何なの？　彼女はあんたの……？」

「ああ、いや、ぼくは生前に彼女と話したことさえないんだ」

「それではどうしてこんなことに首を突っこむの？」

「彼女の妹と知り合いなんだ」

「まあ！」

それは彼女の心を動かしたようだった。ウエイターが新しい飲みものを持ってくると、彼女はスコッチをソーダなしで、当たり前のように一気に飲み干した。

それから感に堪えぬように言った。

「彼女に妹がいたなんて知らなかったわ」

「アイオワにね」

「あんたはアイオワから出てきたの？」

「とんでもない！　彼女の妹はいまニューヨークにいる。今日着いたばかりで姉の遺体を見つけたんだ……なぜマージョリーはマリオタを辞めたんだろう？」

ヴァイオレットは不満をもらした。「あんたって人はひとつのことしか考えられない頭の持ち主なのね、ジョニー」

「お巡りだってそうだ」

「警官はいろいろいるわよ。マージョリー・フェアがわが社で働いたのは、ほんの六週間から八週間。

彼女は社内の男性だれかれとなく自分を売りこんでいたけど、どこにも自分の居場所がなくて辞めた。わたしは彼女が好きでなかったけど悪口は言いたくないわ」

ジョニーは右往左往するウエイターの眼を捉えた。

「話を変えよう。きみはオーヴィル・シーブライトのことをどう思う」

「からかっているの？」

「彼が嫌い？」

「シーブライトはわたしが会社にいることも知らないわ。電話の声だけのおつきあいですもの」

「マリオタ・レコードの持ち主はだれ？」

「それは会社よ」

「そうだけど、でもだれかが会社の支配権を握っているのだろう。それはシーブライトかい？」

「彼は社長よ」

「そしてアームストロングが副社長か。ほかにも副社長はいるの？」

「アームストロングはそのひとりよ。ほかには経理部長も工場長もそうよ」

「そりゃそうだ。どこの会社にも経理部長や工場長は必要だ。かれらの名前は？」

「経理部長は帳簿の担当で、ミスター・ファーナム、エドワード・M――Mはミルクトースト（マンガの主人公の名前で腰抜けの意味）のM――ファーナムよ」

「工場長は？」

「ジョセフ・ドーカス――彼は工場にいるわ」

「工場？」

「オフィスでレコードはプレスできないでしょ。ニューアークに大きな工場があるの」

「おれはレコードが何でできているのかさえ知らないんだ。ワックスとか、そんなものか？」

ヴァイオレットは彼を哀れむように見下した――いくぶん酔った――目つきになっていた。

「ワックス――おそらく蜜蠟《ビー・ワックス》……」

「おそらくか」ジョニーはにやにやした。「さてと、マージョリー・フェアのことだが……」

この駆け引きは失敗だった。ヴァイオレットは運ばれてくるや、五、六杯の酒をすぐ飲み干してしまったので、だいぶ頭に霧がかかっているはずだと、ジョニーは思いこんでいた――ところがすでに自分の頭の方に霧がかかっており、とても考えを集中するのが困難だった。スコッチで扁桃腺を浸すようなヴァイオレットの飲み方は警戒信号だったのだが、ジョニーはこんな大酒飲みとは初めての付き合いだった。

それをいま身を持って体験した。彼が禁句を口にした途端、ヴァイオレットは反撃してきた。彼はいままで口をつけずにいた半ダースものソーダ水グラスの一個をつかむと投げつけてきた。グラスはまともにジョニーの顔面に衝突した。その上、彼女の罵る言葉が雨のごとく降りかかってきたが、どのせりふもレディの使う言葉ではなかった。

常雇いのウエイターやアシスタントは、ジョニーとヴァイオレットをただちに店から追い出した。そのあいだもソーダ水はジョニーの顔からしたたり落ちていた。ヴァイオレットは駅構内に至ってもジョニーの悪口をうれしげに言い続けていたが、ジョニーは家路を急ぐ通勤客に要領よく紛れこみ、彼女を巻いてしまった。ジョニーはヴァンダービルト駅を出るとタクシーを拾った。数分後、四十五丁目ホテルの前で車を降りた。

第十章

八二一号室のドアは少し開き、中から話し声がもれていた。ジョニーはドアを押し開けた。サムがベッドの端に座っている。スーザン・フェアは部屋で唯一の椅子を占領しており、二十八ないし三十歳ぐらいのずんぐりとした男がスーザンの椅子のわきに佇んで、サム・クラッグをにらみつけていた。

「やあ、諸君」ジョニーは三人に挨拶した。

「ジョニー！」サムが叫んだ。「こちらはマージョリー・フェアのボーイフレンドだ」

「アイオワから出てきたのか」とジョニー。

ダグラス・エスベンシェイドは握手の手も出さなかった。

「飛行機をチャーターしてやってきた」彼は説明した。「マージョリーを殺したやつを電気椅子に送るまでは、このニューヨークに留まるつもりだ」

「うまくいくことを祈るね」とジョニー。

「すべての時間をこれに捧げるつもりだ――必要とあらば」エスベンシェイドは続けた。「すでに私立探偵も雇っている――」

「むだ金は使わない方がいい。おれなら半値でその仕事を引き受けるよ」とジョニー。

「きみが？」エスベンシェイドはすばやい視線をスーザンに送った。「職業はたしか――」

「本のセールスマンだ」ジョニーは口をはさんだ。「でもな、おれは犯罪捜査に関して特別な才能を持っている」

「ジョニー」サムは警告した。「あんた、約束したじゃないか――」

「おれがいつどんな約束をした?」

「この前、ラスベガスから帰ったあとのことだ。あんたはそのとき以来、これからは商売に徹すると言ったじゃないか――書籍販売の……」

「フレッチャー」エスベンシェイドがさえぎった。「スーザンはきみの話を聞かせてくれた。わたしはまったく納得していないがね」

「それについてなら、スーザンはおれにもあんたのことを話してくれたよ。おれだってあんたにまったく納得していない」

エスベンシェイドは顔を真っ赤にした。「おい、いいか、きみは……」

ジョニーはわざとあくびをした。彼はスーザン・フェアをじっと見つめた。

「これがデス・モインズ男のサンプルかい? 金持ちの?」

エスベンシェイドはジョニーにすばやくつめ寄った。

「人をなめるなよ――」

「何だと?」

エスベンシェイドは拳を握りしめた。この拳でどうしてやろうか考えあぐねているうちに電話が鳴り、ジョニーは受話器をすくい取った。

「はい」彼は答えると驚いてエスベンシェイドを見た。「あんたはフロントにおれの部屋に行っていると言ったらしいな。この電話はあんたにだ」

エスペンシェイドは受話器を受け取った。「ダグラス・エスペンシェイドだ。ああ、いいとも、八二一号室に寄こしてくれ」

彼は電話を切り、いくぶん貪欲な眼を勝ち誇ったように輝かせた。

「探偵だ。さて、何かわかるかもしれない」

ジョニーはうめいた。「今日もうひとりの探偵と会う気にはなれないな」

「この探偵と話してみるんだね。彼は業界で随一の男だ」

「ふーん、ジョニー、おれたちはどうする？ ロキシー（西十八丁目の映画館）でいい映画をやってるんだ。今夜はべつにやることもないから、行ってみないか……」

「そいつはいい考えだな、サム。みなさんも構わなければ……」

「わたしは構うね」エスペンシェイドはどなった。

スーザン・フェアは立ち上がった。「ダグ、わたしは構わないわ……」

拳でドアを叩く音がした。かなり大きな音だった。

「ほら、きたよ」ジョニーはエスペンシェイドに声をかけた。

「どうぞ」エスペンシェイドは答えた。

ドアが開くと長身の男が八二一室に入ってきた。ジェファースン・トッド、世界一の名探偵……職業別電話帳の自家宣伝広告によればだが。身長は一九三センチ、一カ所に二度立たないと影が写らないくらいほっそりとしていた。

彼はドアを入ると立ち止まり、驚きで口をぱくぱくさせた。

「ジョニー・フレッチャー！　これはいったい……！」

「ジェファースン・トッドか！」フレッチャーもうめいた。

「あれまあ、だれかと思えば電信柱じゃないか」サムも呆れた。

ジョニーとサムがここにいるのを見て、トッドが驚いたのはともかく、エスベンシェイドの方はトッドとジョニーが知り合いだったと知って、いっそうくやしがった。

「きみたちは知り合いだったのか？」彼は叫んだ。

ジェファースン・トッドはおもむろにエスベンシェイドに眼をやった。

「そうです。ミスター・エスベンシェイド」

「そうか。きみのことはウォーレンクーパー下院議員から紹介されたんだが、フレッチャーと友人だったとは知らなかった……」

「ああ、それなら心配ありません、エスベンシェイド」ジョニーは釈明した。「われわれは友人なんかじゃありません。実をいえば、トッドはおれを憎んでいるんです。おれは彼が嫌いではありませんがね」

トッドは狼のような歯をむき出しにした。

「相変わらずだな、フレッチャー」彼は部屋の中に入ってきた。「二、三年前にウォーレンクーパー下院議員にちょっとした仕事を頼まれたんだ。議員がある事件に巻きこまれて……」

「おいおい、ジェファースン」ジョニーはたしなめた。「あんたは商売のモラルを忘れたのか。私立探偵は依頼人の事件を人前でしゃべっちゃいけないもんだぜ」

「ミスター・エスベンシェイド」トッドは構わず依頼者に言った「あなたのためにに働けるのは光栄で

す。特に――」

それからジョニーを暗い目つきで眺めた。

「フレッチャーがこの事件に噛んでいるならなおさらです。わたしはこの男を刑務所に送りこんでやるのが長いあいだの念願でして」

「それほど長生きできるかね、トッド」サムは噛みついた。「一言言ってくれれば、ジョニー、こんなやつ、四の字固めにしてやるぜ」

「きみねえ、クラッグ、わたしのことなど心配いらないよ」トッドは指を鳴らした。「きみに腕力があるなら、わたしには知力があるんだ」

彼はエスペンシェイドの方をふり向き、おおげさに自分の額を叩いて見せた。

「これがものを言うんです、ミスター・エスペンシェイド。この三年間に失敗した事件は一件だってありません」

「わたしのフィアンセはこのホテルのこの階で殺されたんだ、トッド」エスペンシェイドは語りはじめた。

「それはよく存じております」トッドが口をはさんだ。「本署の友人が一部始終を話してくれました……」

「夕刊で読んだにすぎないな」ジョニーがせせら笑った。「おまえなど事件の捜査に当たっている殺人課の警官の名前さえ知っちゃいまい――」

「ルーク警部補だろう」トッドはぴしっと言った。

「彼はおれの名前など出さなかったろう？」とジョニー。

「おまえなんぞは云々する価値もないと思っているのさ。彼の話では隣室のフーテンを怪しんでいた――」

「フーテンだと！」サムは怒った。

「部屋は隣り合わせじゃない」ジョニーは訂正した。「換気筒ごしだ」

ジェファースン・トッドは右手の掌を上げ、ベッドを回り窓辺に向かった。彼は外を仔細に眺めた。マージョリーの殺された部屋にはシェイドが降りていて、トッドの場所からは何も見えなかったが、かなり注意を払っている様子で、やがてふり向くと物知り顔でうなずいた。

「これですっかりわかったのか、仕事が早いな」ジョニーは冷やかした。

「ダグ」スーザンは突然言い出した。「もういいかげんにして」

「あなたは故人の妹さんですか？」トッドは尋ねた。

エスベンシェイドはスーザンに代わって答えた。

「この人には大きなショックだった、当然のことながら……」

「そうでしょうな」トッドはうなずいてひどく眉をひそめた。「あなたとわたしはミスター・エスベンシェイドと部屋を移動して、このことを相談しましょう……」

エスベンシェイドはためらい、その眼をジョニーに向けた。しかしスーザンはすでに戸口に向かっていた。

「よかろう、ミスター・トッド」ダグは承知した。

彼はスーザンに次いで部屋を出た。戸口でトッドはふり返った。

「また会うことになろう、フレッチャー」

「こちらからは用事でもない限りお断りだ」

「それにきみのレスラーの相棒ともな」トッドは付け加えると出て行った。

サムは立ち上がり息巻いた。

「あんちくしょうめ、何から何まで肚が立つ野郎だ」

「この事件にトッドがからんでいるのはありがたいよ」とジョニー。「トッドのいるところには金が転がっている。たんまりと高額の報酬がな」

サムは苦い顔をした。「あんたはもうその中にすっかり首根っこまで浸かっている。おれにはわかるんだ、ジョニー」

「そのうちいつかな」ジョニーはそういうとまじめな顔になった。「おれには大金が必要なんだ……」

「今日つかんだじゃないか」

「ああ、そのせいで明日にはそれ以上の金が要るんだ」

「どうして？　二百何十ドルも持っているんだろう」

「おれが金を稼いだ方法を知りたいか？」

「いや」サムは慌てて言った。「今日の午後にも断ったが知りたくもない」

「それなら明日大金を集めなければという、おれの言葉を信用しろ。ちくしょう、エスペンシェイドは金はたんまりあるし間抜けなんだが、トッドが財布のひもを握って出させないだろうな。やつも一味のひとりだ」

「何の一味？」

「マリオタ・グループのだと思う。ところで例のレコードはどうした？」

サムはベッドカヴァーをめくった。

「安全のためにここに入れておいた。でもな、そんなに金になるものとは見えないよ」

「五セントの価値もないかもしれない。しかしおれには金の匂いがする」

サムはコン・カースン・レコード原盤をはさんだサタデー・イヴニング・ポストを取り出した。ジョニーは雑誌からレコードを抜き出し、しばし顔をしかめていたが、やがてボロ机に行くと抽斗《ひきだし》を開け、スコッチ・テープをつかみ出した――もっと物の豊かだった時代の残りものだった。それを持って壁面まで行き、飾ってあったホテルの絵画の一枚を取り外した――ヴェニス運河の絵だった。彼は絵画の裏側にレコード原盤を置き、スコッチ・テープで四隅を貼りつけた。それからまた絵を元の壁面に戻した。

「この裏にあるとはだれも気づかないだろう」彼は深く息を吸いこんだ。「これでいい、行こう」

「どこへ?」

ジョニーは肩をすくめ電話帳を取り上げた。

「副社長か……」彼は電話帳を探したが目当ての名前は見つからなかった。そこで別の電話帳を探す。今度は見つけた。「さもなきゃ社長か」

第十一章

ジョニーとサムがパーク・アヴェニューの巨大なアパートメント・ハウスの玄関でタクシーを降りると、すぐに制服のドアマンがドアを開けてくれた。ドアマンの案内でロビーに通される。

「ミスター・シーブライトは？」ジョニーは尋ねた。

「あなたさまは？」

「ミスター・ジョナサン・フレッチャーと秘書だ」

ドアマンは内線電話に向かうと、シーブライトの部屋のブザーを押した。

「ミスター・ジョナサン・フレッチャーと秘書の方が、ミスター・シーブライトにお目にかかりたいと」

彼は内線電話に向かって言った。しばらく受話器に耳を当てていたが「わかりました、サー」と答えてジョニーをふり向いた。

「ミスター・シーブライトは中央の会議室におられます。ご用件が重要なことかどうかお知りになりたいとのことです」

「かなり重要なことだと思うね」ジョニーは答えた。

ドアマンは電話に答えた。「かなり重要なことだと申しております、サー」彼は受話器を置いた。

「お部屋は十二Cです」

自動エレヴェータの中で、サムはぶつくさ言っていた。

「重要なことだって？」

「おれにはな。それに知る限りでは、シーブライトにとっても重要かもしれない。だが、そんなことおれにわかるか？」

「ふーん、あんたに任せるよ、ジョニー。一階の真鍮ボタンのドアマンは、ともかくおれを放り出さなかったからな」

エレヴェータは十二階に達した。C室は近くだった。ジョニーがドア・ブザーを押すと執事が開けてくれた。彼はサムより頭ひとつ高く、肩幅はちょうどおなじくらいだった。サムは彼を興味深げに値ぶみした。

「今晩は、紳士方」執事はなめらかに言った。

「ミスター・シーブライトがお待ちかねのはずだが」ジョニーは高飛車に出た。

「そうだとよろしいのですが」執事は冷たくあしらった。

サムは笑顔を見せた。

ドアが開いて五十歳ぐらいの痩せて神経質そうな男がひょいと応接室に現れた。

「ふむ、ふむ、用事とは？」

「ミスター・シーブライト、あなたは良心にやましいところはございませんか？」

シーブライトはぎょっとした。

「何だと？」

「最近、夜はよく眠れますか？」

シーブライトはまだ近くにいた執事にすばやく目くばせをした。

「なあきみ、いま非常に重要なビジネス会議の最中なんだ。わしに話したい重要なことがあると、階下のドアマンが言うものだから、わざわざ会議を中座して会いにきたんだ……」

「その通りです」

「では、話してくれ」

「ここで？」ジョニーは執事を指さした。

「ジェロームは信頼している部下だ」シーブライトはきっぱりと言った。

ジョニーは肩をすくめた。「マージョリー・フェアの件です」

「マージョリー・フェアとはいったい何者かね？」

「ご存じない？」

「初耳の名前だ」

「彼女はあなたの会社で働いていました。それが今日殺されたんです」

「あっ、それは」シーブライトは鼻を鳴らした。「アームストロングから聞いている」

「そしてドニガーは？」

「ドニガーも知っているのか？」

「わかりません――それをお訊きしているんです」

シーブライトはまた執事ジェロームに眼をやった。

「きみは警察官か？」

ジョニーは首をふると、シーブライトはジェロームに合図した。大男は前に進み出た。

「お帰りください、紳士方」

「追い出す気か」ジョニーは気づいた。

熱っぽい光がサムの眼にやどった。「どうするのかね、ジョニー?」

「ちょっと待て」ジョニーはシーブライトを見つめた。「ミスター・シーブライト、コン・カースンのレコードはあなたにとってどのくらいの価値がありますか?」

去りかけたシーブライトがくるりとふり向いた。

「カースンのレコードについて何を知っているんだ?」

「その番犬を追っ払って下さい」

シーブライトはサムに詰め寄っていたジェロームに合図した――ジェロームにとっては運のよい一時逃れだったが、彼は知る由もなかった。

シーブライトは不機嫌そうにジョニーを見やると、いきなり意を固めた。

「一緒にきてくれ」

彼はきびすを返すとドアを抜けて行った。ジョニーはそのあとについて長い廊下を抜け、タバコの煙でもうもうとした美しいパネル貼りの会議室に入った。レザーのアームチェアには、マリオタ・レコード副社長チャールズ・アームストロング、営業部長ドニガー、もうふたりの男たちがいた。

シーブライトはドアの内側で立ち止まると、仰々しくみんなに向かって言った。

「諸君、この人物はカースンのレコード原盤について何かご存じのようだ」

「ミスター・アームストロングやドニガーとは旧知の仲です」ジョニーはそう言うと、親愛の情を含めて手をふった。「よう、諸君」

他のふたりはジョセフ・ドーカスとエドワード・ファーナムだった。

アームストロングが立ち上がった。

「ミスター・シーブライト、この男は今朝方、警察官を装って、わたしの部屋にきたので顔は知っておりますが……」

「警官などと言った覚えはありません」ジョニーは言い返した。

シーブライトはいらいらしていた。

「座りたまえ、アームストロング」彼はジョニーをふり返った。「これは役員会だ、フレッチャー。この連中に説明してもらおうときみを招いた。わしが背後で何か画策しているのではないかと思われたくないからだ」

「ええ、あなたはそんなことをしようとは思っていないでしょう」ジョニーが口添えをした。

「さあ、話したまえ」シーブライトは促した。

「何について?」とジョニー。

「カースンのレコードだ――それがきみのここにきた理由ではないのかね?」

「ええ、そうです。その通りです」

「わかった。いくら欲しい?」

ジョニーは舞い上がった。

「そこが肝腎です。いくらになるのか、あなたにお訊きしたいが?」

「手前勝手なことばかり並べていれば、ジェロームの靴先で蹴とばされるのが関の山だぞ」シーブライトは辛辣に警告した。

「そんなことを言うなら取引できませんよ」

「きみと取引しようなどとは思わん」シーブライトはどなった。「しかしいまは役員会だ。全員がそれぞれの考えを持っている。いずれにしろ明晰な頭脳をな。もっとも使うことはめったにないんだが……」

ジョセフ・ドーカス、四十歳ぐらいの気難しい顔の男が歯をむき出しにした。

「あなただって自分の頭脳をそれほど使っているわけじゃないぞ、オーヴィル」

「わしはレコードを盗ませるようなことはしておらん」シーブライトは言い返した。

「わたしもだ」とドーカス。

「そうだ。盗ませるようなことはしてなかったかもしれん」

ドーカスは立ち上がった。「レコードの盗難に、わたしが関係したとでも当てこすっているのか?」

「そうは言っておらん、ドーカス。率直に話しているんだ。きみか――あるいは優秀な頭脳の持主のひとりがレコードを盗んだのだ。ここにいる男は」と萎びた指でジョニーをさした。「おまえたちのひとりとグルだ」

「へーえ」ジョニーは慨嘆した。「おれはだれともグルじゃない」

「ふん！　きみが独力でレコードを手に入れられるわけがないじゃないか」

アームストロングはおもむろに立ち上がった。

「ミスター・シーブライト、こんな話はもう結構です。家に帰ります……」

「きみを馘にしてもいいのなら帰ってもいい、アームストロング」シーブライトは怒った。「残りのきみたちも同様だ。われわれはいまこの場でこの件の解決を迫られている。いいか、レコードを買い戻すんだ。問題は値段だ？」

「みなさんの討議を拝聴しましょう」ジョニー・フレッチャーはすまして言った。

「きみは黙っておれ」シーブライトはぴしっと言った。

彼はアームストロングを指さした。「いくらだ」

「それにどれほど価値があるのか、あなたの方がよくご存じでしょう、シーブライト……」

「もちろんだ――しかしそのために大金を払うわけにはいかない。それほど余裕がない。五千ドルではどうだ、アームストロング？」

アームストロングは肩をそびやかしたが落とした。シーブライトはドニガーを見た。「ドニガーは？」

「五千ドルなら、いいですよ」ドニガーは答えた。

シーブライトはエドワード・M――ミルクトーストの――ファーナムに目をやった。

「ファーナムは？」と尋ねたが、聞くまでもないとの態度でファーナムを無視し、答えも聞かずに言った。

「ドーカスはどうだ？　五千ドルでは？」

「みなさんが同意した金額なら――仕方ありません」ドーカスは不満そうに言った。

「きみはレコードを買い戻すのに反対なのかね？」

「もちろん！」

「きみのは少数意見だ」シーブライトはフレッチャーをふり向いた。「五千ドルが出せる限界だ」

「手早く話をまとめましたね」ジョニーは気楽に言ってのけた。

「その金はきみのものになる」

「コン・カースンのレコード一枚に？」ジョニーは首をふった。「仮にぼくがカースンのレコード原盤を持っていたとしたら、そんな金額じゃ到底おさまりませんよ」

「仮にカースンのレコード原盤を持っていたとしたら？」

「ええ」

シーブライトは険しい目つきでジョニーをにらんだ。

「カースンのレコード原盤を持っているのか、いないのか？」

ジョニーは驚いたという顔つきをした。「ぼくがカースンのレコード原盤を持っているかですって？　いったいどこで手に入れるんです？」

「ふざけるのもいいかげんにしろ、フレッチャー」

「殺人はおふざけではありませんよ、ミスター・シーブライト」

「いったい何を話しているんだ？」

「マージョリー・フェアの殺人です」

オーヴィル・シーブライトは歯をむき出した。

「コン・カースンのレコード原盤の話をしているんだぞ。きみは持っているのか、いないのか？」

「持っていませんよ」

「さきほど持っていると言ったじゃないか」

「そんなこと言った覚えはありませんよ」ジョニーは反論した。「カースンのレコードにいくら出すかと尋ねたら、すぐにあなたはぼくをここに連れてきただけでしょう」

シーブライトは戸口に行くとドアを開け叫んだ。「ジェローム！」

ジェロームは本音を吐かず、パネル張りの天井を見上げた。ジェロームは現れなかった。シーブライトはふたたび廊下に向かって大声を挙げた。

「ジェローム、どうしたんだ！」

外廊下の近くでどさっと倒れる大きな音がした。

「だれかがぶっ倒れたぞ」ジョニーは得意げに言った。

シーブライトは三度目の大声を張り上げた。「ジェローム、ここにきて、こいつを放り出せ！」

「ああ、それでジェロームを呼んだんですか？」ジョニーはすまして尋ねた。

廊下に足音がした。シーブライトの萎びた顔に残酷な表情が浮かんだ。しかしそれは驚きの表情に取って代わった。戸口に現れたのはサム・クラッグだった。

「ジェロームはこられません」サムは言った。「ちょっとした事故に遭いましてね……」

「まさか！」シーブライトは叫んだ。

「十ドル対二十ドルで賭けましょうか、ジェロームがのされたかどうかに」ジョニーは愉快そうだった。

ジョー・ドーカスが前に出て、サムに詰問した。「おまえがジェロームに乱暴したのか？」

サムはにやりとした。「向こうにいるへなちょこ野郎のことかい？」彼はジョニーに目くばせした。

ジョニーはサムに声をかけた。

「そろそろ帰るとするか、サム？」

シーブライトとドーカスはかれらに続いてドアを出た。廊下ではジェロームが床にへたりこみ頭をふっていたが、意識が朦朧としている様子だった。通りすがりにサムがジェロームの頭をこづくと、仰向けに床に倒れた。小気味のよい音を立てて頭が堅い床にぶつかった。

エレヴェータで降りながら、ジョニーは不機嫌だった。「おれたちはまだクライアントが持てない」

サムは久しぶりにしあわせだった。「やつは手ごわい相手だったよ。それにフットワークも悪くなかった。でも使い方がよくなかったな」

「五千ドルか」ジョニーはつぶやいた。

「えっ、五千ドル、何が？」

「あのレコードさ。かれらが出そうと言った金額だ」

「それでも売らなかったのかい？」

「シーブライトの態度が気にくわん。マージョリー・フェアには何の興味も示さなかった。欲しいのはあのレコードだけだった」

サムは唸った。「なあ、あの女の子はどえらく気の毒だった。だけどおれたちは彼女を知らなかった。彼女は亡くなったが、おれたちのせいじゃない。それに五千ドルは五千ドルだ……」

「明日になれば一万ドルになるよ」

第十二章

ドアは拳の連打で激しい音を立てて震動していた。ジョニー・フレッチャーはベッドで寝返りを打ち、片目を開けてドアをにらみつけ唸った。向かいのベッドでは、サム・クラッグが気持ちよさそうにいびきをかいており、その物音もどこ吹く風だった。

「うるせえ」ジョニーはドアに向かってどなった。

握り拳の打撃音はドンドンと大きくなり、そして警官の声が続いた。

「ルーク警部補だ。フレッチャー、ドアを開けろ」

ジョニーは仕方なくベッドカヴァーをめくり、すり足でドアに向かった。掛け金を外してまばたきすると、殺人課からきた男の怒った顔が眼の前にあった。

「夜が明けたら出直してくれ」ジョニーは文句を言った。

「いま何時だと思っているんだ?」ルークはどなった。

「真夜中だろう」

「もう朝の八時すぎだ」

「おれには――まだ真夜中だ」

「おまえの話では昨日はずいぶん早起きしたはずだ……」

ルークは部屋に入ってきた。彼の背後にはだれかがいる様子だ。コワル巡査部長だった。

コワルは上司に続いて入ってきた。そのめくれた唇の奥にタバコのヤニがついた歯が覗く。

「この男ですよ、警部補」彼は指摘した。

「そうだろうと思った」ルークはサムの寝姿に顔をしかめた。「いつ会ってもこのでくの坊はベッドにいやがる」

サムのいびきが止まり、眼を開けた。「耳は起きているよ」彼は起き上がり、身体を伸ばし大あくびをした。

「服を着ろ、フレッチャー」ルーク警部補は声高に言った。

「何でだ」

「少しドライヴさせてやる」

「逮捕なのか？」

「ありうるが、まだいくつか訊きたいことがある」

「ここで訊いたらどうだ。うす汚い警察署など行く気になれない」

「おれが訊きたいと言うことにつべこべ口答えするな」

「逮捕状なしにはごめんだ。持っているなら見せてくれ」

ルークは親指を部下の方に突き出してみせた。「昨日、警察官に化けたのはどういうことだ？」

フレッチャーはコワル巡査部長を見つめた。「だれが、おれがかい？」

「そうだ、おまえだ」とコワル。「アームストロングを脅した現行犯で、おまえを捕まえにきたんだ」

「おれじゃない」ジョニーは反論した。「アームストロングに自分がお巡りだと言った覚えはない

——それにあんたにもだ」

「似たようなそぶりをした」

ジョニーは冷たく笑った。「おれはあんたの肩に手を置いて見下すようにしゃべっただけだ——大物ぶってな。それがお巡りのようなそぶりなのかい？　イエスかノーか答えてくれ」

ルークは毒づいた。「くそ！　フレッチャー、おれを怒らせる気なのか？」

「なあ、警部補、あんたもおれを愉快にさせてくれないじゃないか」

ルークは気を鎮めようと力いっぱい拳を握りしめた。

「座れ、フレッチャー」彼は歯をむきだして言った。「おれは座っている人間を殴ったことはない。あんまりその気にさせるなよ」

ジョニーはベッドに座った。ルークはおんぼろのモーリス式アームチェアに腰かけた。

「よろしい、さて」ルークは続けた。「昨日アームストロングのオフィスで何をしていた？」

「彼とおしゃべりを」

ルークは椅子の腕木を握った。「なぜだ？」彼は片手を挙げてジョニーの返事を止めた。「ちょっと待て。昨日、おまえは窓向かいの部屋の娘を知らないと言ってたな。彼女とは話したこともない。その死については何も知らないし、完全なアリバイもあると。彼女の死——彼女の人生——にも少しも関係がない。それではなぜ——いったい全体、どうして彼女の働いていた場所にわき目もふらず急行し、あの男を威嚇したんだ……？」

「あの男……？」ジョニーは繰り返した。

ルークは自制した。「わからないのか。どうしてマリオタ・レコード会社に行ったんだ？」

ジョニーは口を閉した。

ルークは思わせぶりな口調で言った。「彼女がマリオタ・レコード会社で働いていたと、どうやって知ったんだ？」

「知らなかった。そこに行ってはじめて知ったんだ」

「そうか、それでは――なぜそこに行ったんだ？　あの会社とマージョリー・フェアを結びつけた理由は何なんだ」

ジョニーは深く息を吸い、ゆっくりと吐き出した。「彼女は歌うことが趣味だった。歌っているのを窓ごしに聞くことだってありうるだろう？」

ルークは眼を細めた。「それにバスルームで歌うこともあったろうしな。そこでおまえはマリオタ・レコード会社に駆けこんだというわけか？」

「彼女は美声の持ち主だった。プロ歌手にもなれそうだったし、レコード会社なら彼女について何か知っていないかと考えたんだ」

「この町にはレコード会社はいくつもある」

「おれはマリオタのレコードが好きなんで、あの会社を選んだんだ。まったくの思いつきさ――それがマージョリー・フェアの働いていた会社だったのは偶然の一致だ」

「でもな、彼女はプロ歌手じゃない。そうなりたいと努力していただけだ……」

「そんなことは知らなかった」

「それからアームストロングだが――どうやって彼を拾い上げたんだ、大勢いる会社の重役の中から？」

「電話の交換嬢が取り次いでくれたんだ。おれがマージョリー・フェアの名前を出すと、交換嬢はアームストロングにつないでくれたんだ」

ルークは首をふった。「いいかげんなことを言うな、フレッチャー」

「本署に戻って逮捕状を取ってもらおうか、警部補。そうすればおれをしょっぴいて、くどくどと尋問責めにできるだろうが、おれは同じ返事しかしないぜ。それにあとで不法逮捕で訴えるぞ」

「次いでにおれもそうするのか」サムがわめいた。彼はベッドから出るとクロゼットの方に向かった。

ルークは彼を注視した。「おう、おまえも今日は上着が着られるのか」

「上着が着られて何が悪い？」サムは突っかかった。

「昨日は着ていなかったな」ルークの唇は軽蔑にゆがんだ。「おまえは部屋代の滞納で追い出されようとしていた。それにおまえも」──とジョニーを見た──「部屋代を支払うためにやつのスーツを質入れしたな」

「それは名誉棄損だ」ジョニーはいささか憤然とした。

「名誉棄損だと？　おれが夕べここにきてみると、エレヴェータ係はおまえが午後にやつのスーツを持ち返ったと証言した。おまえたちがスーツ一着の着たきりスズメなのを知っているんだ」

「おれたちはいま洋服屋でそれぞれ三着のスーツを誂えているんだ。夏服はフロリダに置いてきたんでね」

ルーク巡査部長は立ち上がった。「どちらもハッタリ屋だ。おまえらのために潰しているむだな時間はない。もうたくさんだ。ひとつだけ付け加えておこう。関係のないことに首を突っこむな。さもないとムショに叩きこんで、死ぬまで出られないようにしてやるぞ」

「あばよだな、これで」ジョニーはいやみたらしく言った。

ふたりの刑事は部屋を荒々しく去った。あとに続いたコワル巡査部長が部屋を出るとき、バタンと力いっぱいドアを閉めたので、窓枠がガタガタ音を立てた。

ジョニーはクロゼットに飛んで行った。「しまった、もう九時近い。急いで行かねば……」

「何のために？　おれたちはどこにも行くところはない」

「おれにはあるんだ」とジョニー。「それにおまえもな」彼はズボンを履き、ベッドのサイドテーブルをふり返って受話器をつかんだ。「いま何時？」彼は交換嬢に訊いた。

彼女が時間を告げると、ジョニーは受話器を叩きつけた。「九時十五分か。おれたちは死ぬ気で働かなくてはな」彼はポケットを探ると金を取り出した。急いで金額を数えた。「七十一ドルか。ちくしょう、とても足らん……だれか小切手を現金にしてくれるやつを知らないか、サム？」

「何のためだ、ジョニー？　七十一ドルもあれば……」

「うるさく訊くな、サム――時間がない。おまえなら小切手を現金にしてくれるところを知ってるだろう？　五十か七十五ドルくらい」

「そうだな、ブロードウエイのコイル賭博場……」

「そこへすぐ行ってくれ。いま、小切手を書くから……」ジョニーはボロテーブルを机にし、ペンで金額を記した。書き終わると尋ねた。「ほかにも小切手を現金化してくれる場所を知らないか？」

「銀行じゃどうだい？」

ジョニーは顔をしかめた。「ふざけるな！」

「あんたは銀行で小切手を現金にしたことがないのかい、ジョニー？」サムは用心して尋ねた。

「できないことはない。しかし銀行で小切手を現金にしたくないんだ」ジョニーは小切手帳から小切手を切り取った。「これは七十五ドル。こっちは五十ドルだ。現金が手に入ったら、すぐにこの質屋に飛んでくれ……」彼はポケットから質札を取り出した。「預けてある質草をそっくり受け取って、この部屋に持って帰ってくれ。わかったか？」

「ああ、でもな――」

「根掘り葉掘り訊くなと言ったろう。時は金なりだ、おれを信じろ。賭博場から質屋までタクシーを使え。さあ、行くんだ……」

サムはすでに上着をつけていた。ジョニーが身支度を急いでいるあいだに、サムは急いで去って行った。ジョニーはサムに遅れることわずか二、三分のちに部屋をあとにした。

二十一ドルと白紙の小切手帳をポケットに入れて、彼は六番街へ急いだ。そこでカメラ、フラッシュライト、安物の腕時計、中古のポータブル・タイプライター、小粒のダイアモンド指輪、オペラ・グラスなど、まったく役にも立たない品物をかたっぱしから買い集めた。十時十分前までには現金も小切手も使い尽くした。それから彼は急いで四十五丁目ホテルに引き返した。

彼はサムに一足遅れて着いた。部屋のベッドにはさまざまな品物が山積みになっていた。バンジョー、マンドリン、カメラ類、ジュエリー、衣服が少々、腕時計が一、二個。

ジョニーが新たな商品を抱えて現れたとき、サムは思わず大声を挙げた。

「いいかげんにしてくれ、ジョニー、おれたちはガラクタ屋でも開くのか？」

「全部抱えて出ろ、サム。ぐずぐずしているひまはないんだ」

かれらは山ほどの荷物を抱えこむと部屋を出た。ロビーに降りるとボーイ長のエディ・ミラーと出くわした。彼はふたりの様子と膨大な商品にびっくり仰天し、問い詰めてかれらを当惑させることも忘れた。外に出るとかれらはタクシーに品物を全部押しこみ、数分後には八番街のベン質店で、店主を前に商品を並べはじめていた。

ベン店主はかれらが店に入ってきたときからぎょろ眼で見張っていた。

「おまえさん方は泥棒か」彼は叫んだ。「昨日からどうも変だと思っていた……」

「やめてくれ、おやじ」ジョニーはしゃがれ声で言った。「あれこれ言っているひまはない。早く鉛筆を取って——品物をチェックし、値段をつけて、現金をくれ」

「触れるのもごめんだね」ベン店主はうめいた。「このあたりは毎日お巡りがうろついて盗品を探しているんだ。あたしは捕まりたくないね——」

「信じてくれ、ベンおやじ」ジョニーは熱心に口説いた。「これは盗品なんかじゃない。新品そのものだ。おれが買ったものだ。正々堂々と金を払ってな。それぞれの商品レシートも、この通りある……」彼はポケットから紙束をひとつかみ取り出した。

ベン店主はジョニーの手からレシートをひったくると一々調べはじめた。

「この商品類はほとんど昨日買ったものだな。今日のもいくつかある……」

「その通りだ」

「それじゃどうしてこんなばかげたことをするんだ?」

「ばかげてはいない。高く買って安く売るのが信条でね。それがおれの生きる道なのさ」

「あんたは狂っている!」

「そうとも、おれは狂っている。この商品と引き換えに現金をもらって出て行くだけさ」

ベン店主はぼそぼそ独り言を言いはじめたが、鉛筆を取ると数字を書き出した。

「全部で三百五十ドルを出そう。残念だがね」一、二分考えてからそう言いわたした。

「それで手を打とう！」

ベン店主は度肝を抜かれた。「何だって、値段をつり上げないのか？」

「時間がない」

「値段交渉するひまもない客なんて聞いたこともない。特にあんた方はな。昨日の取引は悪くなかったし、まずまずで……」

「時間がないと言ったろう」

「三百六十ドルに上げてやるよ」ベン店主はがっかりした口調で言った。

「わかった、わかったよ」

「三百七十五ドル以上、一セントだって出せない……」

ジョニーはあせった。「早く金をくれ……」

不機嫌そうにベン店主は金を数えた。ジョニーはそれを彼の手からひったくり、即座に身をひるがえしドアを押し開けた。タクシーはまだ縁石で待っていたので、ジョニーは小走りに急いだ。サムがあとに続き、タクシーが走りだす前に飛び乗る。ジョニーは百ドルをサムの手に握らせた。

「七番街とタイムズ・スクエアの交差点の銀行でおまえを降ろす。銀行にその金を預金して、十枚綴りの小切手帳をもらってくるんだ。五番街と四十七丁目交差点の銀行前で落ち会おう。一秒も惜しめよ。タクシーを使うんだ……」

「あのおやじは正しかった」サムはだみ声で言った。「あんたは狂ってる」

「ムショ行きを避けるのに他の方法を知っているなら、おれに教えてくれ……」

「ムショだって!」サムは叫んだ
「空手形を振り出した人間が送られる場所さ——逮捕されてな……」

「空手形とはどういう意味だ?」

「昨日からおれが何をやっていると思っているんだ?」

サムは顔をしかめた。「何も言うな。知りたくもない」

「それならもう、つべこべ言うな。おれに言われた通りにするんだ……ほら、銀行に着いた」

タクシーは停まり、サムは降りた。ジョニーは運転手に七番街の銀行に行くよう命じた。そこは最初に小切手口座を開いた銀行だった。そこで彼は百ドルの小切手を現金化した。それと残った百ドルを持って通りを横切り、別の銀行でもうひとつ口座を開設し小切手帳を得た。さらに二ブロック先の三番目の銀行に入り、七十ドルで新たな預金口座を作り、十枚綴りの小切手帳を入手した。彼のポケットに残ったのはわずか三ドル五十セントだった。

さて、五番街の最初の銀行に戻り、サムと会うときがきた。サムは預金通帳と小切手帳を手に持ち、ジョニーを待っていた。

「さあ、もういちど買い物をはじめるぞ、サム」ジョニーは知らせた。「おれと一緒にこい。やり口をよく見るんだ。あとはおまえの自由だ」

サムは無言のままだった。そしてかれらはジュエリー店に入り、七十五ドルの腕時計を買った。

「わかったか?」ジョニーは店を出たあとサムに尋ねた。「小切手を店員に渡すときは、銀行に電話をかけられないようにうまくやるんだ。たとえかけられても安心だ。銀行には預金があるのがわかる。

しかしいちど銀行に電話されると、その口座は次に使えなくなる。小切手も書けない——預金不足になるからな……さて、おれはこっちの店に入るから、おまえはあっちの店に入れ。そちらが済み次第、あのメール・ボックスのところで会おう」

ジョニーは隣接した店に入り小間物を買った。それからサムと合流した。

サムは腕時計を見せびらかした。「九十ドルしたぞ……だけど店員が銀行に電話した」

ジョニーは天を仰いだ。「おどおどしたそぶりが疑いを招いたんだろう。ほんとうは全部おれひとりでやらなくてはな。でも仕方ない、この腕時計二個と模造ダイヤのブレスレットを質入れしてもらおう。全部で二百四十ドル払ったから、せめて九十ドルは欲しい——最低でも八十ドルだぞ。あとでホテルで会おう」

サムはむっつりした顔でうなずき、かれらはふたたび別れ別れになった。

第十三章

十二時二十分前、ジョニーはレキシントン・アヴェニューでタクシーを降りると、銀行に入り預金を申しこんだ。

するとまず窓口係がジョニーをつかまえ説教をはじめた。

「ちょうどよいときにお見えになりました。今朝方、あなた様振出しの小切手が四通参りましたが、口座の預金残高が不足になりました。当座預金でこんなことは困ります……」

「わかった」ジョニーはおだやかに言った。「しかし今朝これだけの金が手に入るんで構わないだろうと思っていたんだ」

「こちらは構います」

二番目の銀行では支店長代理がこちらにやってきてジョニーに声をかけた。

「このようなことをされては困ります、ミスター・フレッチャー。昨日当行の口座を二十ドルで開設されましたが、すぐに八十八ドルもの小切手を振り出されますと……」

「しかしここにそれをカヴァーする金を用意してきたんだ」

現金係代理がその金を受け取った。「昨日ここで口座を開設されたとき、小切手すべてを使われるおつもりでしたか?」

「いや、とんでもない。たまたま帰宅すると妻の買物に付き合わされてね」彼はいかにも人のよさそうな笑みを浮かべた。「知っての通り女房というやつは――バーゲンに目がなくて」

現金係代理はためらった。「わかります。しかしもう二度となさらないでください。さもないとお客様の口座を閉鎖しなければなりませんので」

ジョニーは今後気をつけることを約束して去り、三番目の銀行に急いだ。そこでは説教もなく済み、道路を横断し五番街の銀行に行くと、昨日開いた口座に振り出した小切手分の――未払い小切手の金額をカヴァーするに充分な――金を小切手で預け入れた。預金小切手は通りの向かいの銀行に開いたばかりの新しい口座から振り出したものだった。

午後一時三十分、ジョニーはふらふらしながら四十五丁目ホテルに戻ってくると、サム・クラッグが部屋のモーリス椅子に座って、ベッドに積まれたガラクタの山をぼんやりと見つめていた。

「またガラクタを買っちゃった」

「いったいどうしたんだ?」ジョニーは叫んだ。

「つまり、質屋から八十七ドル五十セントを受け取って……」

「それを使っちまったのか?」

「あんたの真似をしてみたんだ。品物を買う、それを質入れする。その金でまた品物を買うやり口をね」

ジョニーは慨嘆した。「それじゃ、あの二百四十ドルした商品を八十七ドル五十セントで質入れし、その金で買った商品を二十ドルで質入れし、またその金で二十ドルの商品を買い二ドルで質入れし、とどのつまり、その二ドルを二十セントにしてしまったというのか。それで残った二十セントでハムサンドを買ったというのか！」

「ばかげているか？」

「おまえはその高度な財政的才能を使って、ワシントンで政府の大事業を切り回してみるべきだな」

ジョニーは皮肉った。

「あんたのやっていたことを真似してみただけなのにな」サムはしょげていた。

ジョニーはベッドの端に腰かけた。「おまえの安スーツのせいでこんな目に遭ったんだぞ」

「おれのスーツとどんな関係があるんだ？」

「そのおかげでつまらん騒ぎを惹き起こしたじゃないか？　すぐに着たいとか言い出して……」

「人間だもの何か着たいのは当たり前だろう、ジョニー？　それとも一日中下着姿で、その辺に座っていろというのか？」

「おれが筋道の通った金を手にするまで待てたはずだぞ」

「おれはバカかもしれない、ジョニー。でもな、二百四十ドルをこんな風にして手にするより、もっと簡単にまともな十二ドルぐらい稼がない理由がわからない……」

ジョニーは空笑いをした。「二百四十ドルか！　いまこの瞬間、おれたちがどんな立場に置かれているか本気で知りたいか？」

「そいつは二百四十ドルよりもまずいことか？」

ジョニーはポケットからいくつかの紙片を取り出した。彼はそれらを確かめた。

「おれたちにはいまここに預金がある。八つの銀行に総額八百五十五ドルだ。この預金で小切手を振り出せる――小切手は明朝それぞれの銀行の手に渡る――二千四百六十ドル分だ。おれの手元に三百九十ドルある。差し引き勘定で千二百十五ドルの不足だ……」

「でも質入れした商品はどうなるんだ?」サムは叫んだ。「それにこのガラクタは?」

「それが何だ?」

「かなりの金にならないか?」

ジョニーはため息をついた。「ベン質店に質入れした商品価格は千五百か六百ドルした。細かいことまで憶えていないが、それを三百七十五ドルで質入れした。ところが受け出すには四百ドルぐらいはかかるだろう。このガラクタを加えてしつこく値段交渉すれば、五百ドルぐらいで質入れできる。それに手持ち資金を加える。銀行には八百五十五ドルの預金、手元に三百九十ドルの現金――この品物でもう百ドルぐらいひねり出せる……」

「五百ドルと言ったぞ……」

「言ったよ。でもベン質店からすべての質草を引き出すのに四百ドルはかかる。だが流動資金がある。ざっと千三百五十ドル……未払い小切手が二千四百六十ドル。要するに千百ドル以上の赤字だ……」

サムは呆れ果ててジョニーを見つめた。「これからどうするつもりだ?」

「千百ドルを何とかするんだ」

「でも、どうやって?」

「同じ手を使うんだ――ただ明日には清算する。二千ドルの負債は明後日になれば四千ドルになるからな。銀行や質屋を使い果たすか、おれたちの足が擦り切れれば、それでお終いさ」

サムはうめいた。

ジョニーは苦々しげに言った。「あれもこれも、すべてはおまえがスーツにこだわったせいだぞ!」

「スーツを返してくれれば何とかなるか?」

「十二ドル分は何とかなる。でも、もうだめさ。解決策はできるだけ早く清算することだ。今日中に千百ドルをなんとかする」

ジョニーは電話帳に手を伸ばした。ページをめくりMの項で受話器を取り上げた。交換手に番号を告げるとすぐにつながった。

「やあ、美人のお嬢さん、ミスター・シーブライトと話したいんだけど……ジョニー・フレッチャーだ。そう、あんたの旧友ジョニー……」ヴァイオレット・ロジャースに軽くあしらわれて、ジョニーは顔をしかめた。

「彼はおれの電話、大事な話を心待ちにしているはずだ……おれのことは知っている。夕べ話したから……何だって……? 信じられない……」

彼はすぐに電話を切ると受話器を見つめた。

サムは飛び上がった。「シーブライトに何かあったのか?」

ジョニーは受話器をフックから外した。「ボーイに新聞を持ってこさせてくれ」彼はフロントに頼み受話器を置いた。それからサムをふり返った。

「そう、シーブライトに大変なことがあったんだ。それにマリオタの社員全員にもな……」彼はひと息入れた。「会社が自主破産を申し立てたんだ!」

「会社が破産したのか?」

「電話交換手がそう言っていた。嘘をついているのかもな。すぐにわかるさ……」

エディ・ミラーが自ら新聞を持って現れた。彼は部屋に入り新聞をジョニーに手渡すと、そのままベッドに積み上げられた商品の山を眺めていた。

ヴァイオレット・ロジャースの話はほんとうだった。マリオタ・レコードが新聞の第一面を飾っている。ジョニーは記事にざっと目を通した。『最大債権者デス・モインズ・シェラック会社、七万九千八百五十ドル』。大見出しだった。ジョニーは記事を再読し、じっくりと考えた。デス・モインズか。

彼は新聞を置くとエディ・ミラーの皮肉な目つきと出会った。ボーイ長はベッドを指さした。

「商売でもはじめるんですか、ミスター・フレッチャー？」

ジョニーはウクレレを取り上げた。

「この楽器が弾けるかい、エディ？」彼は弦を弾いた。

「わたしは音痴で」

「ウクレレは演奏しなくていい。これまで考案された中でもっとも単純な楽器だ。ほら……」彼は少しつま弾いた。「おれだって習ったこともない。楽譜も読めない。パーティに出る人間なら楽器のひとつくらいは弾けないと」

そう言いながら彼は巧みに値札を引きちぎった。「わずか五十ドルだ、エディ。でもおまえなら二十七ドル五十セントに負けとく」

「わたしに、二十七ドル五十セントで！」エディ・ミラーはびっくりして叫んだ。

「そうさ、おれが金に困っていたとき、おまえに少々チップの借りがあったからな。思い切って二十ドルにしておこう。そうすりゃ、このウクレレはおまえのものだ」

彼はウクレレをエディの手に握らせた。

エディは探るような眼つきでジョニーの顔を見ながら弦をつま弾いてみた。もういちど弾いてみる。

「十ドルにしなさいよ、ミスター・フレッチャー」

「十五ドルだ。ひまなときにただで教えてやる」

エディはためらうと、またしても弦の弾きをミスした。それからためいきをつきポケットから札束を取り出した。そこから十ドル札と五ドル札を引きはがした。

ジョニーは金を受け取ると、エディの肩を叩きドアから追い出した。彼が部屋の中に戻ってくるとサムは感嘆の声を挙げた。

「おれならあんなものに十五ドルも支払わなかったよ」

「値札は九ドル九十五セントだ。質入れするより割りがいい。時間さえあったらな……」彼は首をふった。「今日中にクライアントを見つけなければ」

「だれのこと?」

「そう、だれがつかまるかな? チャールズ・アームストロング、エスベンシェイド、ファーナム、ドーカス、ドニガー、それにシーブライト……エスベンシェイドはおれの最大のカモだが、ジェファーソン・トッドが握りこんで離さない。シーブライトはおれにそれほど好意を持っているとも思えない」

「他にだれか?」

「アームストロング副社長とマージョリー・フェアとのあいだには何かあったとにらんでいる。しかし彼はおれが嫌いだろうし、ドニガーもおれを憎んでいる」

「あとふたりしかいないぜ。ファーナムとドーカスだ」

「ファーナムは重要人物じゃない」

「それじゃドーカスか？」

ジョニーは受話器を取り上げた。「ニュージャージー州のニューアークにあるマリオタ・レコード会社の工場につないでくれ」彼は交換手に言った。「番号は知らないんだ」

彼が電話をしている最中にドアをノックする音がした。ジョニーはドアを開けるようにサムに合図した。ダグラス・エスベンシェイドが戸口に立っていた。

「電話は取り消すよ」ジョニーは交換手にそう言って電話を切った。

「これはミスター・エスベンシェイド、今日はご機嫌いかがですか？」ジョニーは愛想よかった。

エスベンシェイドはドアを閉め部屋に入ってきた。

「よくないね」彼は不機嫌そうに言った。「夕べは最悪だった」

「それはぼくもご同様で」ジョニーは楽しげに言った。「自分を世界一の名探偵などとぬかす神経の持ち主、のっぽのはったり屋の手中に、あなたが籠絡されているのを考えますとね」

「きみのことは褒めていたよ」

「当たり前です。われわれが同じ事件――ウィンズロウ事件（ジョニーとサムが初登場したシリーズ第一作『フランス鍵の秘密』（ハヤカワ・ミステリ）参照）で共に働いたときのことを話したのでしょう？　やつを笑い者にしてやったんです」

「きみが事件を解決した？」

「ぼくが犯人を捕まえ、トッドは金を手に入れたんです」

「それできみはこの事件の犯人を捕まえられると考えているのか――マージョリー殺しの？」

「それは確実です。いまのところこの事件については、ジェファースン・トッドなんかより、ぼくの方がよく知っていますから」

「何をよく知っているんだ？」

「トッドにはいくらお払いになるんですか？」

「きみの知ったことか。何か知っていればきみにも金を支払うよ――それ相応のね」

サム・クラッグは部屋を横切ると向こう側のベッドに行き腰を下ろした。こんなにほっとするのは数日ぶりだった。やっとジョニー・フレッチャーと取引しようとするクライアントが現れたのだ。それがサムにとっては物事がうまく運ぶことを意味していた。彼にはジョニーの気持ちがわかっていた。

ジョニーはエスベンシェイドに言った。「チャールズ・アームストロング、マリオタ・レコード会社の副社長はマージョリーに熱を上げていたんです」

エスベンシェイドは財布を取り出すと半インチぐらい開き真新しい札を抜いた。百ドル札だった。ジョニーはそれを受け取った。

「それで」エスベンシェイドは促した。

「ドニガーという男がいます。自分が女の子にモテモテだと思いこんでいます。その男がマージョリーを口説いていました」

「きみはマージョリーを喰いものにしてはいないかね」エスベンシェイドは不機嫌そうに言った。

「真実をお知りになりたいんですか？」

「マージョリーを殺した犯人を知りたいんだ」

「それにはまず真相を知らなければなりません」ジョニーはベッドから新聞を取り上げた。「マリオタ社が破産しかけているのをご存じですか？」

「知っている」

「債権者がデス・モインズ・シェラック会社になっていますが」

「わたしがそのデス・モインズ・シェラックだ」

ジョニーは無言でうなずいた。「そうだろうと考えていました。あなたが圧力をかけたんですか?」

「マリオタ社にドーカスという男がいる」エスベンシェイドは言った。「彼は工場を管理していて、わたしに会いに出てきた。セラニックス（ワニスの原料）を大量に買いたいというんだ。当然われわれは相手の会社を調べた。財政状況がどうも気に入らなかった」

「しかしかれらにセラニックスを売ったんでしょう?」

「ドーカスはクルーナー歌手のコン・カースンとの契約のコピーを見せてくれた。彼の話では百万枚は売れるレコードのレコーディングをしている最中だと言うんだ。だからセラニックスを売ったんだ」

ジョニーは新聞に眼を落とした。「マリオタ・レコード会社はマージョリーにオーディションの機会を与えてくれた」

彼が急に顔を上げると、エスベンシェイドの眼と眼が会った。「レコード会社のオーディションに参加することは、女の子にとってはかなり大変なことだ……特に秘書の仕事だけしか会社のことを知らない娘にとっては」

「その通り」エスベンシェイドは相槌を打った。

「あなたがかれらにセラニックスを売った理由はそれですか」

エスベンシェイドはためらい、そしてさらに二百ドルを取り出した。彼は財布を閉じるとポケットに収めた。「これでよしと」彼はきっぱりと言った。「仕事は任せたぞ」

「千ドル頂きたいところですが」ジョニーは不満を述べた。

エスベンシェイドは鼻を鳴らした。「三百ドルも渡したんだぞ。殺人者をわたしに引き渡してくれたときにもう千ドルを出そう」

「トッドにはどれくらい支払うんですか?」

「この金が欲しいのか、欲しくないのか?」

ジョニーは急いでその金をポケットにしまいこんだ。

「バービゾン―ウォルドフ・ホテルでお会いしましょう」

「わたしの泊まっているところを、どうやって知ったんだ?」

ジョニーは笑った。「一緒に出ましょう、ミスター・エスベンシェイド」

三人はそろってホテルを出た。エスベンシェイドはタクシーを拾い、ジョニーとサムは左に曲がり、タイムズ・スクエアに向かった。

サムはしみじみと言った。「あの男はマージョリーにオーディションを受けさせてやりたくて、取引を決めた――そのことを彼女は知りもしなかったんだな」

「真相はそんなところだ」

「そうかい、だけどあんたはそれをどうやって知ったんだい?」

「知らなかったさ。当て推量だ。まぐれ当りだ」

「そうか、殺人犯も当ててくれ」

「それは当て推量に向かない。証拠が必要だ」

「ふーん、さてこれからどこへ行く?」

「ニューアークだ」

第十四章

マリオタ・レコード会社の工場は、古きよき時代に作られた、四方に広がる四階建ての煉瓦造りの建物だった。騒音のないビルディングである。マンハッタンの本社が傾けば、ニューアーク、ジャージー・シティ、ブルックリンの三工場も操業が停まってしまう。

マリオタ・レコード工場の一階片隅に小さな事務室があった。赤毛の体格のよい女性がデスクに座って、クロスワード・パズルに熱中していた。

「チキンを意味する四文字の言葉は何かしら？」

彼女は入ってきたジョニーとサムに尋ねた。

「ガンプ（GUMP―うすのろの意）だ」ジョニーは答えた。

「ガンプ？　そんな言葉聞いたこともないわ」

「それはあんたがガンプを育てたことないからだ……このあたりは静かだな」

「何かを売りにきたのなら――お門違いよ。実はみんな今朝から何もすることがないの」

「カプト（KAPUT―終わりの意）を意味する五文字のためかい？」

「あら、新聞を読んだのね？」

ジョニーはにやりとした。

「ジョセフ・ドーカスを探しているんだ」

「召喚状を持ってきた？」

ジョニーは両手を上げて掌を見せた。彼女にもジョニーが何も持っていないのがわかった。

「召喚状はなし」

「そう、彼は工場のどこかにいるわ。でも今朝は何かを話す気になんかなれないでしょうね」

「おれたちふたりで話がしたいんだ」

「とにかく今日はお給料がもらえそうもないわ。あんた方が工場に行くのを止める指示も受けていないし……」

「ありがとう、お嬢さん」

ジョニーは通路を歩いて工場に向かった。一階は巨大な撹拌タンク、木箱、樽、カートンなど、レコード会社に必要な資材で占められている。そこにはだれひとりいなかった。

ふたりは階段を昇って二階に行った。そこには見たこともない機械類が何列も並び、セラニックスの強烈な刺激臭が漂っている。機械のあいだをひとりの男がわびしげに歩き回っていた。彼は遠くからジョニーとサムを見つけた。

「おい、きみたち、ここで何しているんだ？」彼は呼びかけてきた。それから十五メートル近くまでやってくると、それがジョニーであるのを確認した。

「いったい何の用だ？」

「そうだな、立ち寄ってお悔やみを言おうと思ったんだ」

工場長のジョセフ・ドーカスだった。彼は近寄ってきてジョニーをにらみつけた。

「おまえたちは毎日、破産した会社をうろついては悔やみを述べているのか?」

「とんでもない」ジョニーは首をふった。「今朝、友人のダグ・エスベンシェイドと話をしてきたところだ——」

ドーカスは顔をゆがめた。「あの汚い……!」

「それがすばらしい原料セラニックスを売ってくれた人に言う言葉かね?」ジョニーはたしなめた。

「そうさ、セラニックスを売ってくれたが——おまけに破産も付け加えてくれたよ」

「破産には三人の債権者が必要だ」

「やつが残るふたりをけしかけたんだ。それまでこの会社は健全な経営だったんだ。われわれの受取手形や有形資産は負債額以上だった」

「そうか、おそらく管財人が会社を何とかしてくれるだろうよ」

「管財人だと!」ドーカスはいきり立った。「財産管理は巧妙な儲かる仕事だ。判事は管財人として身内を指名する。管財人はこの商売でうまい汁を吸うんだ」彼はものすごい見幕だった。「いちどうまい財産管理にありつけば、管財人は一生喰っていけるんだ。やつがこの会社に入りこめば、尻の毛まで抜かれる。これもみんなおまえの友人エスベンシェイドのせいなんだ!」

「エスベンシェイドはそれほど多くの要求をしたのか? 彼は婚約者をオーディションに参加させてやったが……」

「わたしはオーディションを受けさせたやったじゃないか? それにレコードまで作ってやった。それをやせっぽちのろくでなしのアームストロングが本社の連中を巻きこんでぶちこわしにした。彼女の歌声を蚤だらけの飢えた猫の声みたいだと酷評したんだ」

「彼女の声はそれほど悪くなかったはずだ」

「まったく悪くはなかった。努力すれば一万枚ぐらいは売れ、商売になったはずだ。しかし没にされてしまった。ほかの連中にはそれがわからなかったんだ。われわれは芸術家だけを扱うんだとの言い草だ。そう、いまなら芸術家を扱えるが」

彼はレコードの原材料の黒い塊をつかみ上げると床に放り投げた。

ジョニーは屈みこんで黒い素材を拾い上げた。「これは何だい?」

その塊はプラスチックの丸く平べったいもので、厚さが約二・五センチ、直径が五、六センチぐらい、重量は五、六十グラムほどあった。

「レコードさ――未加工の。われわれはビスケットと呼んでいる」

「これがあのうすべったいレコード盤になるのか?」

「そうとも。これを加熱し、柔らかくしてから、プレス・マシンで型押しするんだ。わかるか――レコード原盤をこの上に置いてプレスする。このように……」彼はプレス・マシンの蝶番をぐいっと下げた。

「どのレコード盤もこうやってプレスするのか?　かなりゆっくりとした作業のようだな。十万枚のレコードをプレスするのにだいぶ時間がかかるだろう」

「きみが考えるほど長い時間はかからない。ひとりで一日千枚プレスできる。この機械は二十四台ほどある」

「二十四台?　しかし、レコード原盤が一枚しかないのに……」

「原盤が一枚なんて、だれが言った?　必要な分だけの原盤は作れる」

「それじゃあ、昨夜シーブライトがたった一枚の原盤のことでいきり立っていたのはなぜだ……？」

「ああ、あれか！　あれは原盤の原型なんだ——あれからいくつもの原盤が作られるのさ」彼はぶつくさ言った。「あれがわれわれを破滅させた源だ。コン・カースンはレコーディングすると、急いでハリウッドに飛行機で旅立った。彼は亡くなり、もうレコーディングは不可能になってしまった。そしてオリジナル・レコードも消えてしまった……」

「その前にオリジナル原盤のコピーを作る機会はなかったのか？」

ドーカスはこっくりとうなずいた。

「あのレコードがこの会社を救うはずだったんだ」

「この会社を破産させようとした何者かがレコード原盤を盗んだとは考えられないか？」

ドーカスは鋭い目つきでジョニーをにらんだ。

「この会社を破産させたいのは何者だ？」

「競争相手では？　コンチネンタル・レコード社はコン・カースンを奪われたとき地団太踏んだろう？」

「もちろんんだ。しかし泥棒を雇う会社なんかない……違うか？」

「さあね——おれは会社じゃないから」

拡声器が工場の静寂を破った。

「ミスター・ドーカス」拡声器はもういちど叫んだ。「ミスター・ドーカス……！」

ドーカスはぶつぶつ言って、ジョニーやサムから立ち去った。大部屋の中央に小さなスタンドがあり、そこに電話が置いてあった。ドーカスはそれを取り上げた。

「ドーカスだが」

彼はしばらく耳を傾けていたがうなずいた。「オーケー」

彼は受話器を置くと、ジョニーとサムのところに戻ってきた。

「本社がニューヨークにきてくれと言っている。もう準備はしてあるが」

彼はそう言って歩きかけたが、突然ふり向いた。

「おい――ところで、きみたちは何の用事でここにきたんだ?」

「特別な用事はない」

「昨夜のあの取引は何だ――コン・カースンの原盤を持っているふりをして?」

ジョニーは首をふった。「シーブライトにレコード原盤を持っているなんて言ったことは絶対ない。おれはその値打ちを尋ねただけだ」

「あれはかなりの値打ちがあった――昨日は」

「今日は?」

「何もない。マリオタ・レコード社にとってはな」

「しかし他社なら?」

「管財人から買うことになるだろうな。恐らくそのつもりはある」

「もしレコードが見つかればだが」

「必ず見つかるさ!」

マリオタ・レコード会社をあとにしながら、サムはつぶやいた。

「ここにきたのがむだ足になったな」

「マージョリー・フェア殺人の動機がつかめたよ」ジョニーはむしろ得意げだった。

「えっ、ほんとうか？　それは何だ？」

「おれたちの部屋にあるレコードだ、サム——あの原盤さ」

サムは考えこんで顔をしかめた。「マージョリーはこの工場からあれを失敬したのか？」

「おれはそうは思わない。彼女は間違えてもらってきたんだろう、レコーディングした場所でな」

サムはしばらく考えていたが、それから大声を挙げた。

「彼女を殺したのはドーカスということか！」

「そうとも限らない。その場所にいたほとんどの社員は間違いに気づいていたか——疑っていたんだ」

「そうか、でもそのレコードはどの社員にとっても値打ちのあるものなのかい？」

「犯人はそう考えた。実を言えばそういうことだ。シーブライトは昨夜やっきになって、おれに五千ドル出そうと言った。レコードを持っているかも訊かずにだ。おれも少し頭を働かせれば一万ドルに釣り上げられた……」

「どうしてそうしなかったんだ？　一万ドルあれば確実に借金返済に使えたんだぜ」

「あのレコードのせいで娘がひとり殺されたと知れば、おまえだって夜もおちおち眠れるか？」

サムは頑固に首をふった。「あんたの生きざまにはついていけないよ、ジョニー。八つもの銀行を騙しておいて平気な顔をしているくせに——」

「どの銀行も騙してはいない——まだな。エスベンシェイドからもう千ドル頂けば、明日は正直者で通る。それに銀行はカモになんかなるもんか。公正な取引相手だ。もしおれが小切手を騙し取り、罰を逃れたら報復を受ける。失敗したらブタ箱入りだ。だれしも悪事には加担したくないよ」

彼はサムの腕を取りぎゅと握りしめた。

「いまふり向くなよ。おれたちの跡をつけているやつがいる」

サムは驚いた。「どこに……?」

そしてふり向くなと警告され、腕をきつく握られているにもかかわらず、サムはふり返った。かれらの四十メートルほど背後で、ずんぐりした男が立ち止まり、そ知らぬふりをして店のウインドウを覗きこんでいた。

「確か地下鉄にもいた。ニューヨークから付けてきたんだ」ジョニーはそう推理した。

「確かめてくる」

サムはジョニーの手をふり払い、店先の男の方へと歩いて行った。男はサムをそ知らぬ顔で見て、身をひるがえすとぶらぶらと歩き去った。

サムは足を早めた。男も急ぎ足になる。サムは小走りになった。男も駆け出す。男はなかなかのランナーで、サムはかなり離されて立ち止まると、急いでジョニーのところに戻って行った。

「あの走りっぷりを見たか?」彼は叫んだ。

「いままた立ち止まったよ」ジョニーは見ていた。

サムはふり返った。彼が追っかけていた男は百メートルくらい離れて佇み、サムとジョニーを見つめている。

ジョニーはポケットに手を入れると二十ドル札をつかみ出した。

「おれはあいつを巻いてやる。ここに金がある。おまえはここでやつの尾行をくい止めろ」

「ニューヨークにひとりで帰れということか?」

「そうだ。だから金を渡す、タクシーを拾って帰れ」

尾行者の見張りにサムを残して、ジョニーはさっさと歩き去った。尾行者は通りを横切りこちらにやってくる。サムを追い抜いてジョニーの跡をつけるつもりらしい。サムは歩道の真ん中に立ちはだかった。

ジョニーは次の角で立ち止まりふり返った。サムと尾行者はたがいに歩道で向き合っている。尾行者はサムを追い越そうとし、サムはそれを阻止しようとした。

ジョニーは脱兎のごとく角を曲がると、一ブロックを全力で走り、通りを横切り、一軒の店内を通り抜けた。脇道に出て向こう側の店も通り抜けた。そして二ブロック先でタクシーをつかまえた。

「百二十五丁目行きのフェリー乗り場までやってくれ」彼は運転手に命じた。

「かなりの運賃になるよ」運転手は注意した。

「おれにはどうってことない――金なら馬に喰わせるほどある」ジョニーは言い返した。

三十分後、彼はマンハッタン百二十五丁目行きのフェリーの船上にいた。フェリーが出航するまで二、三分間待たされる……船への仕切りが下ろされる直前に、ひとりの男がフェリーに乗りこんできた――ニューアークでサムが足止めしようとした男だった。

ジョニーは彼に近づいて行った。

「やあ、どうも」男はにこやかに言った。

「おれの友だちをどこで置き去りにした?」

「ニューアークに。ドラッグストアの中までおれを追いかけてきた。まだその前で待っているはずだ」

「なかなか頭の切れるあんちゃんだな?」

「あんたがこのフェリーに乗ると思ったことがか?」男はにやりとした。「ニューアークであんたの立場になって考えてみた。ニューアークで人を巻いて、ニューヨークに戻るとすれば——一番うまい方法は何か? その答えはユニオン・シティ、マンハッタン百二十五丁目行きのフェリーだ。そこでタクシーに飛び乗り、ここまできたわけだ——それでまたお目にかかれた」

「泳ぎは達者かい?」ジョニーは尋ねた。

「おれを海に投げこもうとするのは、あんたの他にもいるのかい?」

ジョニーは歩き去ると船内に座って靴を磨いた。フェリーが百二十五丁目のドックに着くと、尾行者はまたジョニーにくっついてきた。

「ここでおれを巻くつもりだったのかい?」男はそう訊くとにやりとした。

「ホテルに帰るところだ」ジョニーは答えた。「おれとタクシーに乗って、料金を折半でどうだ?」

「四十五丁目ホテルへか? 構わないのか?」

「その仕事を頼んだ相手を訊くのはルール違反か?」

「いくらバカでも、そんなことを話せるか?」

「そりゃそうだ。まだおれを付けている様子からして、しばらく一緒に歩いてみようか。おまえを何と呼べばいい?」

「ジョーと呼んでくれ——もっとも本名じゃないが」

船の仕切りが上がり、船客はフェリーを降りはじめた。ジョニーとジョーはビルディングの中を歩いて行き、下船客のひとりがかれらの前のタクシーに跳び乗ったので、かれらは二番目のタクシーをつかまえた。

「四十五丁目ホテルへやってくれ」ジョニーは運転手に命じた。

「いや、八十八丁目と二番街の交差点だ」ジョーが訂正した。

ジョニーはジョーの左手に眼を落とした。あらましは上着のポケットに入っているが、三二口径の小型ピストルがはみ出ているのを見た。

「おい、そんな代物を」ジョニーはささやいた。

「そうさ！」

「大声を出せるんだぜ」

「そんなときは、これでおまえや運転手の口ふさぎができる」

「荒っぽい男だな、おい？」

ジョーは背を反らしてジョニーから離れようとしている。彼は大胆な笑いを浮かべた。ジョニーはむっつりしてシートの端に身体を滑らせる。タクシーは急速に発進し、アッパー・マンハッタンの通りをガタガタ揺れながら突っ走った。

百十丁目と五番街の交差点で、ジョーは前屈みになり運転手に呼びかけた。

「気が変わった。百三十五丁目とレノックス・アヴェニューの交差点に向かってくれ」

十分後、タクシーは縁石に寄せて停まった。

ジョニーと拉致犯はタクシーを降りた。ジョーは左手をポケットに突っこんだまま、右手で運転手に料金を支払う。それからジョニーの脇に降りてきた。

「さて、歩くとするか」

かれらは二ブロック歩き、レノックス・アヴェニューを曲がり、もう一ブロック進んだ。やがてジョーはニューヨークで最もみすぼらしいビルの前で立ち止まる。数年前に壊される予定だったビルだが、いまだに建っていた。

ジョーはジョニーを戸口に連れていき、ポケットから鍵を取り出しドアを開けた。

ジョーは下がってジョニーを先に入れた。

ジョニーは中に入った。ひどい臭気が立ちこめ、鼻孔を襲う。中に入ったジョーはドアを閉め、ポケットから左手を出した。三二口径拳銃でジョニーを突っついた。

「二階に上がれ、左側に最初のドアがある」

かれらは階段を上がって行き、ジョーは部屋のドアを開けた。使い古しのみすぼらしい家具調度品が並んだ小さな部屋だった。

「ささやかな隠れ家だ」ジョーはうれしげに言った。

「そうかね?」

「そうとも、これから取引だ。おまえはレコードを持っているな……」

「だれから聞いたんだ」とジョニー。

ジョーは首をふった。「仲よくいこうぜ。恨みっこなしにしよう。どうだい? いいな——レコードは持っているんだろう」

「話の都合上、おれがレコードを持っていることにしよう。で、それがどうした?」

「そうさな、それをおれに寄こせ。それだけだ。あとはおまえはおまえの道を行き、おれはおれの道を行く。それでちゃらだ」

「このレコードを欲しがっているのはだれなんだ？」

「おれさ」

「おまえの仕事に金をくれるやつがいるだろう？」

「もちろんさ。こんな仕事が楽しくってやってられるか？」

「それは組合規則に違反するんじゃないか？」

「もちろん！」

「しかしそのレコードをくれてやらなかったらどうする？」

「からかっているのか？」

ジョニーは擦り切れたソファに座った。

「おれは恐ろしく強情で筋金入りなんだ。あのレコードのためにひとりの娘が殺された。ともかくその犯人にレコードをプレゼントするなんて気が進まないね」

部屋の片隅に電話があった。ジョーはそこに行き、ジョニーから眼を離さずダイアルした。それから受話器を耳に押し当てた。

しばらくしてから「ジョージか？　どうだい？　何だって……？」彼はうなずいた。「おれはカモを捕まえた。ここにいる。きてみろよ」彼は電話を切った。

「レコードはおまえの部屋になかったぞ」彼はジョニーに言った。

「おまえの仲間はホテル一階の金庫を探したのか？」ジョニーはいやみたっぷりに尋ねた。

「あっ、そこにあったのか！」

ジョーは椅子に座って、部屋の向こう端にいるジョニーの顔をしげしげと眺めた。

「おまえの相棒がホテルに戻ってくるまで時間をやるよ。それからやつに電話をかける。どうだ?」

「好きなだけ電話しろ。でもな、それでレコードが手に入るとは限らないぞ」

「ふん、おれはそうは言っていない」

ジョーは小型のリヴォルヴァーを弄《もてあそ》んでいた。

「べつに覚悟しなくていい。あまり思いこみが激しいと、心を変え難くなるからな。そうなるとこと面倒だ。だから気持ちをオープンにしておけよ、な?」

ジョニーは苦い顔をした。「これでおまえの取り分はいくらになるんだ?」

「たっぷりよ」

「おれをここから出してくれるなら百ドルでどうだ?」

ジョーは興味を示した。「百ドル持っているのか?」

ジョニーは表情をくもらせた。「おれは持っていない。けど……」

「ポケットをひっくり返してみろ」ジョーは命じた。

ジョニーはかたくなに座ったまま動かなかった。

「この銃は音が小さいんだぞ」ジョーは続けた。

「おれを殺すことは、レコードを手に入れるチャンスを失うことだ」ジョニーは断固として言い張った。

「殺すなんてだれが言った?」ジョーは訊き返した。「おれは金にもならないやつは殺さない」

「じゃあ、どういう意味なんだ?」

「もちろん、殺すつもりなどありゃせん。人を殺せば死刑になる。だからおまえの膝を撃とうと思っている。この弾丸一発で膝小僧なんか粉々になって、ひどい傷を負うが、膝は砕けても人は死なない。あきらめて立って古ポケットを空にしたらどうだ?」

「おまえは撃てないよ」ジョニーはせせら笑った。「階下の連中にピストルの音が聞こえるからな」

「ここの連中はみんな自分の仕事に忙しい。女房を殴るのも、そいつの仕事だ。さもなきゃ女房の問題だ。この古ビルにはネズミがよく出る。おれたちはときどきそいつらを撃つんだ。どうだ、いいかげんに立ったら?」

ジョニーは銃を持った男をじっと見つめていた。彼の眼に捉えた表情がジョニーを立たせた。ジョニーがポケットに手を伸ばすと、ジョーは撃鉄を起こした。

ジョニーは金を取り出した。真新しい百ドル札三枚も含まれていた。彼はそれを部屋の向こう端に投げ出した。ジョーは眼を落として新紙幣の金額を読んだ。

「こいつは掘り出し物だ!」彼は叫んだ。

「口は災いの元だ」ジョニーは苦々しげに言った。

「なあに、心配するな、兄弟」ジョーは慰めるよう言った。「ジョージがここにきたら、ともかく身体検査をするつもりだったからな」彼は札を拾い上げた。「なあ、このささやかな取引はおれたちだけの秘密にしておこうぜ、いいな?」

階下のドアが大きな音を立てた。やがて重い足音が階段をきしませる。ジョーはすばやくドアに飛んで行き、少し開け外をうかがった。それからドアを大きく開けた。

「おう、ジョージ!」彼は入ってきた男にうなずいた。

部屋に苦々しげに入ってきた男は、サム・クラッグほどの体格だが、その顔はジョニーがいままで見たこともないほど下卑ていた。彼はジョニーを見て冷笑した。

「なるほど、これがカモか。そんな面には見えねえ」

「まあ、それほど悪いやつでもない、ジョージ。いくぶん無分別かもしれないが、こんなところよ」

「おれはやり切れないよ」ジョニーは鼻を鳴らした。「その上、こいつにポケットから四百ドルも巻き上げられたんだ」

ジョージの眼が輝いた。「四百ドルだと?」

ジョージは首をふった。「いや、違う、ジョージ、四百ドルはないよ……」

「寄こせ!」

ジョーはポケットから金を取り出すと、ジョニーを恨めしげに見て、札をジョージと山分けした。

「きちんと五分五分だ。それが仲間というものだ。なあ、ジョージ」

「前にも言ったが、あの千ドルも同じ――」

「口をつつしめ、ジョージ……!」

「いや、あいつの名前は口にしない。心配するな。おれは口が堅いよ。ところで、それでどうだ、シャー……?」

「おれの名前はジョーだ」ジョーはあわてて言った。「気をつけろ」

「わかった、わかったよ」

ジョーは電話を指さした。

「フレッチャー、おまえの相棒はもうホテルに戻っているだろうな」

「おそらく」

愛想のよさがジョーの顔から消えた。

「やつに電話をかけてみろ。ホテルの金庫係からレコードを受け取って、ここに持ってこさすんだ。やつには口止めしろ——どこにもしゃべるなと。もししゃべったら、おまえはどんな目に遭うかわからないぞ。いいか?」

「わかった。だがな、おれはサム・クラッグに電話しないぜ」

ジョージは眼を丸くした「こいつは万事オーケーだと、おまえは言ってたよな」

「おそらくおれが下手に出て頼まなかったからだ。フレッチャー、もういちど頼む——これが最後の礼儀だぞ。相棒に電話してくれないか」

ジョニーはかたくなに腕を組んでいた。「くそくらえ!」

ジョーはため息をついた。「仕方ない、ジョージ……」

いたずらっぽい笑いを浮かべると、ジョージはジョニーのところに歩いて行った。手を伸ばしジョニーの上着、シャツ、皮膚の端までをもわしづかみにし立ち上がらせた。それから笑ったまま拳をジョニーの顔面に叩きこんだ——その野蛮な一撃は、急いで防御しようと上げたジョニーの腕に炸裂し、部屋の床に転がした。彼は壁にぶつかって止まったが、身を支えきれず座っていた場所に滑り落ちた。

朦朧とした頭の中で、ジョニーはジョージが覆いかぶさってくるのを見た。まさに大男が彼を捕まえようと屈んだとき、ジョニーは立ち上がり、ジョージの股間を蹴った。ジョージは倒れ、苦痛にあえいだ。

ジョニーは何とか立ち上がると、苦痛に怒り狂ったジョージと対決した。ジョージは彼の腹を殴り、アッパーカットを送りこんだ。次いで恐るべき左フックを見舞い、ジョニーは床に叩きつけられた。そのまま暗い奈落の底に落ちて行く。そして——もう何も感じなかったが——ジョージは彼を蹴とばした。ジョーが引き離すまで、彼はジョニーを蹴り続けていた。

第十五章

サム・クラッグが四十五丁目ホテルに戻ってきたのは、午後一時をちょっと過ぎたころだった。ジョニーが待ちかねていて、部屋のロックを開けると驚くのを期待していた。サムは自分の鍵でドアを開け部屋に踏みこんだ。

部屋の内部はまるでサイクロン（大竜巻）の直撃を受けたかのようなありさまだった。ベッドはひっくり返り、ガラクタが床中に撒き散らばっている。絨毯さえ剝がされていた。ヴェニス運河の絵は床に転がっている。

レコード原盤は失くなっていた。

「こいつはひどい！」サムは大声で叫んだ。

彼は内線電話をかけた。

「ボーイ長を呼んでくれ」彼はどなった。

二、三分後、サムがモーリス椅子に腰かけて部屋の惨状を眺めていると、呼び出しに応えてエディ・ミラーがドアをノックし部屋に入ってきた。

エディは部屋を見回した。

「いったいどうしたわけですか？」

「わけとは何だ？」

「フレッチャーがピーボディを引っかけようとして何か企んだんでしょう」

「なあ、エディ。驚くことはない。おれたちはピーボディを引っかけようなんて思っちゃいない。ジョニーとおれは三時間ほど前にこの部屋を出た。ジョニーはまだ戻ってきていない。おれも三、四分前に帰ってきたばかりなんだ。部屋に入るとこんなありさまだ」

　エディ・ミラーは皮肉を言った。

「宝石でも盗まれたんですかい？」

「何も盗まれていないよ、エディ。ただ――そう、ジョニーが戻ってきてこのありさまを見たら頭に血が上るだろうな。ピーボディを呼ぼうと思ったが、やつは部屋代の滞納料集めくらいしか能がない。おまえも同じだろう、エディ。おれは今日この辺で何が起こっていたのか知りたいんだ？」

「何も起こっちゃいませんよ」

「おれたちを尋ねてきたやつはいないか？」

「わたしの知る限りではいません」

「ロビーに怪しげなやつらは？」

「このホテル客の半数は怪しげに見えますがね。それだけのことです」

「荷物はどうだい？　おまえの知らないところで、このホテルから荷物を持って出たやつはいないか？」

「おかしな荷物を持ってホテルを出たやつはいませんよ。それに――あんたは何も盗まれていないと言ったじゃありませんか」

「金目のものはな」

「それじゃ何が盗まれたんですか?」

「昨日、おれの声を吹きこんだレコードを作った。それが失くなったんだ。レコードだからポケットに入れて運び出しもできる」

「それを割って破片をポケットに入れて運べば、だれにもわからないでしょう」

「レコード原盤はアルミニウムでできているんだ、アルミは堅い。大きなハンマーでも曲げられない」

「上着の下に隠せば運べる」

「だれが?」

エディは頭を掻いた。

「わたしは知りません。正直言って、サム、わたしはあんたの味方だ。何か知っていれば話しますよ。一日中エレヴェータで上り下りする連中がいます。わたしだってみんなは知らない——だれでも見ているわけじゃない。ロビーの上の部屋で何かあっても、従業員たちが知るわけもない……いつでもことが済んでからです。昨日の殺人以来——そう、このあたりはお巡りが嗅ぎ回っています。それに私立探偵のジェファースン・トッド、あの有名な探偵がホテルを出たり入ったりして……」

「今日もかい?」

エディはうなずいた。「彼はこの事件で動き回っています。しかしだれの依頼なのかわかりません。フェア家の娘にも会いに行きましたよ。そのミス・フェアと一緒だったアイオワの田舎成金が、ランチをたいらげると、すぐにロビーを出て行くのを見ました」

「エスペンシェイドだ。おれたちは彼のために働いているんだ」

「ということは？」

サムは苦い顔をした。いささか口が過ぎた。しかしもう手遅れだった。

「まあ、さしたる仕事ではないけどな」

「どんな仕事で？」

「探偵だよ、エディ。どう考える？」

エディは壊れたベッドを見つめていた。

「なるほど。それではこんな状態になっても、ホテルを責めるわけにいかないでしょうな？」

「おれたちがエスペンシェイドのために働いているからって、これがおれたちの責任になるのか、エディ？　おまえはこれをどう思う？」

「そうですね、あなた方はいつもトラブルを求めている。だから殺人者と関わり合いになったんじゃないんですか？」

「この部屋をめちゃくちゃにしたやつをふん捕まえてやる」サムはぶつくさ言った。「そして壁紙をすべて血だらけにしてやる」

ノックもなしにジェファースン・トッドはドアを開け、ずかずかと入りこんできた。

「おや、まあ」部屋のひどいありさまを見て叫んだ。

サムは立ち上がった。「おい、手があるんだろ、トッド？　ノックぐらいしたらどうだ？」

「おまえの声が聞こえたので、ドアを押し開けただけだ」

「ふん、出て行くときにはちゃんと閉めろよ」

「フレッチャーはどうした？」トッドは尋ねた。

「ベッドの下に隠れている」

「おまえはかなりおかしな男だな、クラッグ」トッドは苦い顔して言った。「ステージに立つ気はないのか？」

「昨年、ジョージ・アボット（米国の劇作家で舞台演出家）から声がかかったよ。『へっぽこ探偵』という芝居を打つことになったとね。自分を世界一の探偵と称する私立探偵の話さ。おれはそれほどへっぽこじゃないんで、その役はことわったよ」

「これから仕事に戻らなければ」エディ・ミラーは急に言い出すと、部屋をするりと出ていった。

「ここに何か忘れものでもしたのか、トッド？」サムは詰め寄った。

「フレッチャーに会いたいんだ。彼を待つのに何かさしさわりがあるのか？」

「あるよ」

トッドはあざ笑った。「やつはおれの商売のじゃまをしようとしている」

「それで？」

「ペラペラといらぬことをしゃべりまくってエスベンシェイドを騙したな。もう我慢できないとフレッチャーに言っておけ」

「わかった、おまえの堪忍袋の緒が切れそうだと伝えておく。それだけか？」

「あとはフレッチャーに会ったとき話す」

トッドはがみがみ言ってから、もったいぶって部屋をあとにした。

サムは立ち上がるとベッドを直しはじめた。あちこち皺のできているシーツや毛布を元通りにし、絨毯を蹴とばして元の場所に戻した。ちょうどかたづけが終わったとき電話のベルが鳴った。サムは突進した。

「はい？」

男の声がした。「ミスター・フレッチャー？」

「だれだ？」

「だれでもかまわん」電話の声は言った。「フレッチャーを出せ」

「いまここにいない。おれはアシスタントのサム・クラッグだ。おれが聞いて……」

相手が電話を切ったのがわかり、サムは話を途中でやめた。

彼は受話器を置くと、電話をじっと見つめた。ジョニーに何かあった！　いまどこにいるのか？　サムはニューアークのドラッグストアの外で長いこと待たされ、だいぶ時間を損してしまった。ジョニーは一時間前には戻っているはずだった。

突如ひらめくものがあった。サムはふたたび受話器を取り上げた。

「ミス・スーザン・フェアの部屋につないでくれ」彼は交換手に頼んだ。

交換手は彼女の部屋の電話を鳴らした。まもなくサムに応答があった。

「すみませんが、ご返事がありません」

サムは受話器を叩きつけると、部屋を出てロビーに降りて行った。ロビーの近くにあるカクテル・ラウンジに入り、バーでビールを一杯注文する。グラスを傾け、ビールを喉に流しこんだ。そのときバーカウンターの鏡に人影が写った。スーザン・フェアだ。見たことのない痩せっぽち男と一緒にブースに腰を下ろしていた。

ビールのグラスを持って、サムはそのブースに向かった。

「やあ、ミス・フェア」彼はスーザンに挨拶した。

スーザン・フェアはサムを見ても愉快そうではなかった。

「こんにちは」彼女はそっけなく言った。

サムは痩せた男を隅に押しやり、自分はスーザンの向かいに座った。

「ジョニーとおれはいまミスター・エスペンシェイドのために働いている。彼から聞いているか？」

スーザンは眉をひそめた。「いいえ、聞いていません。どこに——どこにおられるんですか、ミスター・フレッチャーは？」

「彼とはニューアークで別れた」

「ニューアークだって」サムの隣にいた男が叫んだ。「そこへ何をしに？」

サムはふり向き、しげしげと男を見つめた。

「あんたはジョニーと知り合い？」

「会ったことはある」

スーザン・フェアが口をはさんだ。

「ごめんなさい、ミスター・クラッグ、こちらはミスター・アームストロングです」

サムの顔が明るくなった。「ああ、アームストロング？　容疑者のひとりだな……」

アームストロングはたじろいだ。「容疑者だと！」

彼は視線をすばやくスーザン・フェアに送った。彼女はまだ残っているドライ・マーティニのカクテルグラスに眼を落としていた。

サムはあっけらかんとして言った。「あんたのことはジョニーから聞いている。昨日一、二杯飲んだそうだな」

「そんなことで呼び出したのか?」アームストロングは面白くもなさそうに尋ねた。「それで彼はわたしが容疑者のひとりだと言うのか」

「そうだ」

「ほかにだれを容疑者に挙げていたんだ?」

「シーブライト、ジョセフ・ドーカス、ドニガー、それにあんただ」

「エド・ファーナムは?」

「ファーナムはホシではないと言っていた」

スーザン・フェアはいきなり顔を上げた。

「ミスター・クラッグ——お願い……構いません?」

「構いませんって、何を?」

「ミスター・ストロングとわたしは……」

「ああ、構わないよ」サムは楽しげに言った。「おれは一向に平気さ。いま言ったように——ジョニーとエスベンシェイドのために働いているんだ。それはあんたのために働いていると同じことだ。ジョニーはいま挙げた連中のひとりが——あんたの姉さん殺しを——やったと考えている」

「ミスター・クラッグ」アームストロングは語気を強めた。

「はあ?」

「ミス・フェアはきみに席を外してほしいと頼んでいるんだ」

「どうして？　おれは何もしていないよ」

アームストロングはさげすむように唇をゆがめた。

「きみはバカのふりをしているのかね。それとも……？」

サムの大きな手がすばやくアームストロングの喉首をつかんだ。

「なんだ、この萎びた小猿め、おれはいいことを思いついたぞ……」

アームストロングは喉を詰まらせて咳こみ、両手でサムの握る手を引き離そうとする。しかしサムが力をゆるめるまで、アームストロングは解放されなかった。

サムは立ち上がると、バーテンダーを追い払うそぶりをした。バーテンダーはふたりをとりなそうとして、すでにカウンターを回りこんできている。

「失礼、ミス・フェア」

サムはそう言うと、いかにももったいぶってカクテル・ラウンジを出て行った。

ロビーでエレヴェータを待っていると、事務員が彼を見つけて声をかけてきた。

「ミスター・クラッグ！」

サムはカウンターの方に歩いて行った。事務員はキーボックスに手を入れ、伝言メモを数枚取り出した。サムもジョニーも鍵は各自で持っているが、ほとんど碌でもないメモしか入っていないので、カウンターに立寄る習慣はなくなっていた。

サムは手渡されたメッセージを見て驚いた。四枚ほどあった。その三枚には「ミスター・シーブライトから電話。ぜひ電話を頂きたい」、四枚目には「ミス・ロジャースから電話」と書いてあった。

サムはメモを持って八階に上がった。自室で電話帳を調べ、Ｍの項でマリオタ・レコード会社の電話番号を見つけた。

　数秒後、ホテルの交換手が相手につないでくれた。

「もしもし、ジョニー・フレッチャーの代わりに電話しているんだが……」サムは言った。

「ちょうどよかったわ」交換嬢のヴァイオレット・ロジャースが叫んだ「彼に代ってくれない、話したいことがあるの」

「ここにはいない。キー・ボックスにシーブライトのメッセージを見つけたんで、彼と話そうと電話をかけているところなんだ。おそらくジョニーが――」

「ミスター・シーブライトがフレッチャーに電話したの？」ヴァイオレット・ロジャースは尋ねた。

「そうだ、それでいま電話しているところだ……そっちはマリオタ・レコード会社なんだろう？」

「そうよ、でもミスター・シーブライトがフレッチャーに電話したかどうか、わたしは知らないわ。わたしは個人的に彼と話したかったのよ……」

「きみはだれだい？」

「ヴァイオレット・ロジャースよ」

「ああ、きみからのメッセージもここにある。ジョニーと何を話したかったんだい？」

「個人的なことよ」

「ふーん、彼はここにはいない。ミスター・シーブライトなら居所を知っているかもな」

「ミスター・シーブライトは一日中オフィスにはいなかったわ」

「それではどこから電話したんだろう？」

「自宅ね、きっと」

「自宅の電話番号は?」

「ごめんなさい。社員の自宅の電話番号は教えるわけにはいかないの」

サムはぶつくさ言った。「きみはいまだれのために働いているの、シーブライト? それとも債権者?」

ヴァイオレット・ロジャースはためらった。「うまいこと言うわね、あなたは」彼女はそう言うと続けて「番号はプラザ五—一一二七よ……それに、ねえ、お友だちのフレッチャーが現れたら、すぐわたしに電話するように言ってね。五時三十分までオフィスにいるわ。そのあとは彼とわたしが昨晩すごした場所に電話して。わかった?」

「わかったよ」

サムは電話を切り、プラザ五—一一二七にかけてみた。ミスター・シーブライトは不在だと突っけんどんな返事が返ってきた。

「今日はご機嫌はいかが?」サムはシーブライトの不在を告げた男に尋ねた。

「おまえはだれだ?」電話の声は噛みついてきた。

「ああ、昨夜おまえを叩きつけた男さ」

そう言うとサムはくすくす笑いながら電話を切った。

第十六章

ジョニー・フレッチャーの身体は骨と肉がこわばり苦痛のかたまりになっていた。乾いた血潮が左頰と顎にべったり張りついている。口の右端から温かい血がポタポタ垂れていた。

ジョニーはかすむ眼で前に立ちはだかる大男ジョージを見ていた。

「二、三発喰らわしただけで、こんなに長く眠っているやつは見たことない」ジョージはぶつくさ言った。

「どのくらい気を失っていた?」ジョニーは訊いた。

ジョージは屈みこみジョニーの上着の襟をつかんで引きずって行った。ぐんにゃりとした彼をソファに投げ落とす。そこでジョニーはジョーと向かい合いになった。彼は一メートルくらい離れた低いテーブルの前に座り、ひとり占いをやっていた。彼の眼がジョニーを捉えた。

「やあ、フレッチャー?」彼は尋ねた。「もう少しかわいがってもらいたかったか?」

「なあ」ジョージは言った「さっきはおまえも運がよかった。おまえがおれを蹴ったんで、かっとなりお返しをしたんだ。しかしもう怒っちゃいねえ。おまえをまた平手打ちするときは、かなり手かげんしてやるよ――麻――麻酔させるほどにはな」

「それを言うなら麻痺だ」ジョーが訂正した。

「今度はほんとに怪我するぞ」

ジョニーはジョーからジョージに眼を移し、それからまたジョーに戻した。

「おれはヒーローじゃない」ジョニーは言った。「けどただじゃ動かない。おれの金を返せ。あのレコードはおまえたちにくれてやるから」

「何の金だ?」

「おまえとジョーが山分けした四百ドルだ」

ジョージは出っ歯を見せ笑っているつもりだった。

「何を言っているのかおれにはわからん」

「金ってものは元の場所に戻すのがかなり難しい代物だからな」ジョーは気取って言った。「戻すためには、おれたちなりのルールがある」

「だからちょっと電話して、おまえの相棒を呼び出すんだ、いいか?」ジョージが提案した。

「何と言うんだ?」

「レコードだ」ジョーは教えた。「レノックスと百三十五丁目の交差点まで持ってこさせろ。そこに立っていれば、ジョージが行って声をかける」

「サムを知っているのか?」

「今朝、おまえとやつがホテルを出るときに確認しておいた」

ジョニーは電話するためソファから身を起こしたが、うめき声をこらえることはできなかった。受話器を取り上げると、四十五丁目ホテルの番号をダイアルし、「八二一号室」を頼んだ。

サムの声が受話器から流れてきた。

「ハロー、だれだ?」

ジョニーは受話器をしっかりと耳に当てて送話口を下げた。彼はジョーを見やった。

「返事がない」

「ジョニーか!」サム・クラッグの声が叫んだ。「どこにいるんだ……」

ジョニーは電話を切った。ジョーはカードを置き立ち上がった。

「どうした、返事がない? おれははっきりと話し声を聞いたぞ」

「交換手の声だ……」

「交換手は男か?」

ジョーはジョージに合図した。大男がジョニーに近づいてくる。慌ててジョニーはまた受話器を手に取った。

「もういちどかけてみる」

彼が番号をダイアルすると、サムが出た。

「いったいどうしたんだ、ジョニー?」サムはパニックに陥入って叫んだ。

「いいか、サム」やっとジョニーは言った。「絵の裏に隠したレコードを取ってくれ」

「あれは失くなった」サムは叫んだ。「だれかにかっぱらわれた」

「バスルーム近くの壁面の絵の裏だぞ」ジョニーは繰り返した。

「だから失くなったと言っているだろう」

ジョニーはかまわず言葉を続けた。

「ハーレム行きの地下鉄に乗れ。レノックスと百三十五丁目の交差点に立っているんだ。ひとりの男がやってきて、おまえにレコードを要求する。わかったな?」

「しかし持って行くレコードがないぜ、ジョニー」サムは悲しげな声を出した。「失くなったと言っているじゃないか――」

「だれも連れてきてはだめだぞ。行く先も他人に言うな。わかったか?」

ジョーは手を伸ばすと送話口を手で覆った。「電話を切れ!」

ジョニーは受話器をフックにかけた。

あとはサム次第だ。サムがどう出るのか、ジョニーにも見当がつかなかった。

身代金の指示は簡単なもので足りた。しかし受け渡しは絶対確実なものでなければならない。サムはレコードを持っていなかった。もしもレコードをジョージに渡せなかったら……。

ジョーは説明した。「レノックスと百三十五丁目の交差点まで三十分はかかる。いますぐそこに向かった方がいい、ジョージ。そしてそこいらをぶらついているやつを見つけるんだ。人違いするなよ」

ジョージは右の拳を左の手のひらに叩きつけた。

「どんなごまかしもごめんだぜ!」

ジョニーはソファに戻り、ジョーはテーブルに帰った。しかしジョージが部屋を出て行くと、ジョーは三二口径のピストルを取り出し、いつでも手に取れるようテーブルに置いた。

「待っているあいだ少しジンでも頂こうか」ジョニーは気を引いてみた。

「酔わせておいて、ピストルをつかもうという気か?」ジョーは笑った。「それはビリー・ザ・キッドが脱獄するときにやった手だぜ。本で読んだんだよ。やつは自分の銃で看守を殺したんだ」

「近ごろの人間はそれだから困る。本の読みすぎだ」

「だからおまえはおとなしくソファに座っていろ。急に動けば——そう、おまえの膝小僧に鉛の弾が喰いこむことになる」

「いいことを教えてやろう」ジョニーはささやいた。「サムとジョージに勝負をさせるんだ。三本勝負で二本取れば勝ちだ。最初はジョージに勝たせる」

「おまえの相棒はタフなのか？　ジョージは本気で戦うぜ」

「サムだってそうだ。もっと面白くもできる。サムの右腕を身体に縛りつけてもいい」

「本気か、フレッチャー。やつらを争わせる本音は何だ？」

「ほんのちょっとした賭けさ」

「賭け金はどうする？」

「サムが現金を持っている。いま彼のポケットには千ドルある」

ジョーはじっとジョニーを見つめた。

「なぜ先にそれを言わなかったんだ？」

「興味はあるか？」

「おれたちは金が目当てでこの仕事をやっているんだ」

「おまえもけちな博奕打ちだな。おれは夕べあのレコードに五千ドル出すと言われたんだぞ」

ジョーは腹立ちまぎれに叫んだ。「だれが五千ドルも出すんだ？」

「オーヴィル・シーブライトという男だ。彼と幾人かの男たちがいる。ドーカス、ドニガー、アームストロング、ファーナム……」

「そいつらは聞いたことがない」ジョーは言った。しかしそう言い切るには後ろめたいものがあった。

「千ドルだぞ。おまえたちをこの悪事に雇った男の名前を打ち明ければ、千ドルはおまえのものだ」

「もうあとの祭りさ」

「ジョージがサムに会う前に、おれたちはその場所に行けるぞ」

ジョーは堅いテーブルを拳で叩いた。カードが跳ね上がって床に散らばった。

「おれはこれまで依頼人を裏切ったことはない」

「義理立てか?」

「そうだ。この商売は信用第一だ。得意先を裏切ってみろ、すぐに噂が広まる。おれたちは千ドルでこの仕事を引き受け、絶対他言しないと約束したんだ」

「わかった。おれはあのレコードと千ドルをおまえに渡すよ」

「レコードもか?」

「そうだ。おまえはもう四百ドルを手にした。得意先からも千ドル頂ける……もう千ドルはおれからのおまけだ。全部で二千四百ドルだ」彼は強調するために時間を置いた。「日銭稼ぎにしてはぼろ儲けだぞ」

ジョーは口を少し開けると、ジョニーを見つめた。

「千四百ドル」ジョニーはここぞと弁をふるった。「か、二千四百ドルだ」

「やめろ、やめてくれ!」ジョーは絶叫した。そして誘惑をふり払うためカードを集めはじめる。彼の頭の中ははち切れそうだった。床に散らばったカードを拾おうと身を屈めた。

それがジョニーの狙いだった。

床すれすれから、ジョーはジョニーが飛びかかってくるのを見た。彼は荒々しい叫びを挙げ、テーブルに置かれた銃に手を伸ばそうと身体をねじった。

ジョニーはテーブルをジョーめがけてひっくり返し、銃を床に落とした。それからテーブルを乗り越えた。ジョーは筋肉質でタフだった。しかしジョージほどではないため、ジョニーと対等に殴り合いはできなかった。彼はただ自分の奪った金を守るだけの受け身の抵抗しかできなかった。

ジョニーは全力を挙げて戦った。

彼は拳、肘、歯、膝、足も使った。ジョーをひっかき、拳で叩きのめし、膝と足で蹴った。ジョーが彼の眼をえぐり出そうとすると、ジョニーはジョーの手に嚙みついた。

ジョニーはジョーを引きずり、銃の近くから離そうとし、彼の頭を床に打ちつけ、拳で叩いたり殴ったりした。そして攻撃開始から三十秒も経たないうちにジョーは完全に床にのびて、肉体の残骸を震わせているだけだった。

ジョニーは立ち上がると、ジョーの三二口径拳銃を探し出し、見つけるとポケットに入れた。ドアに向かったが、引き返してジョーに屈みこんだ。そのポケットから有り金をそっくり頂き、頭をつかみ上げ、思い切り床に叩きつけた……ジョーがすばらしく長い眠りに就くのを確実にするために。

それから部屋を出ると、よろめきながら階段を降りて行った。

第十七章

サムはジョニー・フレッチャーと電話で話したあと受話器を置いた。顎をだらりと垂らしながら、部屋中をむやみやたらに見回した。ジョニーが厄介な立場にあるのを詳しく知ってしまった。彼を救い出すのは自分の責任だ。しかし、どうやって……?

街角でひとりの男と会う手筈になっていた。それは結構なことだ。現れた男が何者であろうが、捕まえて屈服させ、ジョニーが囚われている場所に案内させるのが、利口なやり口だとサムは考えた。そこに行けばサムは両拳にものを言わせることができる。

ジョニーの指示は明瞭なものだった。しかしサムはレコードをその男に持っていかねばならなかった。レコードを持っていなければ、会う予定の男はサムに近寄って確認することができまい。

レコードだ。

一枚のレコード。それは距離さえおけば、どれも同じに見えるのではないか?

サムは部屋を出るとエレヴェータでロビーに下り、片隅の小さなカウンターに立っているエディ・ミラーを見つけた。サムは急いでエディに近づいて行った。

「この近くにレコードを売っている店を知らないか、エディ?」彼は尋ねた。

「ええと、七番街の角を曲がった右に一軒ありますが……」

サムは顔をしかめた。昨日、彼とジョニーが訪れた店だった。あのやかましい店で歓迎されるとはとても思えなかった。

「あの店は行きたくないんだ。他にもっと手近な店はないか？」

「とっさには思いつきません。探すつもりでないときにはよく目につきますが、さて探すとなると……」

サムはぶつぶつ言いながらきびすを返すと、ふしぎそうに見送るエディから離れて行った。ホテルを飛び出すと、半ば駆け足、半ば歩いて七番街に向かった。

彼は仕方なく例のレコード店に入った。半ダースいる店員の中で、当然ひとりだけ彼の来店を歓迎しない店員がいた。彼はサムに気づいた。

「レコード針一箱ですか？」彼はいやみに尋ねた。「それとも千二百ドルのモデル・プレーヤーをまた試聴されるのですか……？」

「今度はレコードが欲しい」サムは率直に言った。「それだけだ——急ぎでな」

「レコードを一枚？」販売店員はにやにや笑った。「プレーヤーもお持ちでないのに、レコードをどうなさるのですか？」

サムはポケットに手を突っこむと金をつかみ出した。

「レコードをくれ、早く」

販売員は肩をすくめた。「どんなレコードで？」

「どんなレコードでも構わん」

「それはおかしいですよ。レコードなら何でもいいなんてお客はいませんよ」

サムは販売員を相手にせずレコード棚に向かい、手を伸ばし一枚のレコードを取った。

「これをくれ――いくらだ？」

「七十五セント税別です」

サムは一ドル札を店員の手に押しこんだ。「釣り銭は取っとけ」

彼は店を走り出ると、数ブロック先のタイムズ・スクエア地下鉄駅に向かった。

二十分後、彼はレノックスと百三十五丁目交差点の地下鉄駅から躍り出た。レコードを目につくようにかざしながら街角へと歩いて行った。

そのときジョージは向かいのドラッグストア前に立っていた。彼はすぐサムに目をとめたが、そのまま動かずタバコを吸い続けていた。

だれもサムに近づいてこなかったが、ジョージはサムがあたりをきょろきょろしているのが気にくわなかった。しばらくしてサムは通りを渡り、ジョージからわずか三メートルの場所に立った。

ジョージはしばらく待った。それからタバコの吸い殻を捨てると、サムに歩み寄り肩を叩いた。

「それが例のレコード盤かい、兄弟？」彼は尋ねた。

サムはふり向くとジョージを見て取った。すばらしい体格をしているなと思った。大柄でがっしりしている様子はかなり興味深かった。

「パイの皿じゃないよ」彼は言い返した。

「おれに寄こせ」

「どうして？」サムは尋ねた。

「寄こさなければ、おまえの相棒の気分が悪くなるだけだ」

「おれが知りたかったのはそいつだ」

彼はレコードをジョージの顔に強く押しつけたので、盤は割れて粉々になった。それからサムはジョージの右腕をつかみ、ダブル・リストロックで締めつけた。

ジョージは怒りと苦痛で大声を挙げた。「こんなまねをしやがると、フレッチャーの命に関わるぞ……！」

彼は空いた拳をサムの顔面に叩きつけた。その一撃はかなり強烈なものだったが、サムのダブル・リストロックの激しい圧力には敵わなかった。ジョージは悲鳴を挙げ退いたが、サムは追いかけサイドステップすると、ジョージを歩道に投げ飛ばした。ジョージは倒れなかったら腕が折れていたかもしれない。

しかし倒れたおかげでサムのホールドは外れた。サムが突進してくるのを、彼はすばやくわきに転がって避けた。ジョージは両足を蹴り上げ、片足がサムの胸に当たった。サムは退きながら唸り、ジョージに向かって行った。ジョージは立ち上がろうとして、右腰のポケットを強く引っ張った。

サムはジョージの肩をつかまえぐるりと回した。そのときジョージの手がポケットからするりと出た。その手には革で覆われたブラックジャックが握られている。それをサムの顔をめがけてふり下ろした。

サムはジョージの一撃をかわし、逆に猛烈な一打をジョージに送りこんだ。ジョージはブラックジャックでサムの左肩を殴ったが、サムの拳はジョージの顔面を捉らえ、この悪党をドラッグストアに叩きつけた。ジョージは危なく窓ガラスを割るところだった。

交差点の中央にいた警察官のホイッスルが鳴り渡った。しかしサムの耳には聞こえていなかった。

ジョージにとどめを刺そうと進み出た。

ジョージはよろよろしていたが、拳にはまだブラックジャックが握られていた。

足音が歩道に響いた。ジョニー・フレッチャーが叫んでいた。

「サム……！」

サムには聞こえなかった。彼はジョージのブラックジャックから眼を離さず、ノックアウトパンチを繰り出そうと右拳を固める。ジョニー・フレッチャーはサムの腕をつかみ、それからひょいと頭を下げる。サムはふり向くと殴りかかってきた。その拳は一センチほど外れ、ジョニーの耳をヒューッと擦っていった。やっとサムはジョニーに気づいた。

「ジョニー……！」

警官のホイッスルは近くでまた鳴った。ジョニーはサムの腕をつかんだ。

「くるんだ……！」

かれらはそれから走った。ジョージとブラックジャックはハーレム警官のなすがままに任せることにした。

五十メートルも逃げると、ジョニーは背後にすばやく眼を走らせた。棍棒対ブラックジャックの構えで、警官と対決しているジョージが眼にとまる。ブラックジャックは叩き落とされ、ジョージは歩道に大の字で伸びた。

ジョニーとサムは角を曲がり通りを横切った。そこでやっと歩みをゆるやかにする。ジョニーはひと息ついた。

「何があったんだ、ジョニー？」サムの息遣いも荒かった。

「まんまと罠にはまってしまったんだ」

サムはジョニーの顔を改めた。「おやまあ、だいぶ殴られたな」

「あばら骨を八本ぐらい折られた」彼はポケットに手を突っこんだ。「さし引き六十ドル巻き上げられた」

「現金を盗られたのか？」

「やつらはおれの金を取ると別れた。だがジョーからおまけをつけて取り戻した。ジョージから取り返す時間がなかったのは残念だ」

「ジョージというのは、あのブラックジャックを持っていた野郎か？　こんど会ったらぶっ殺してやる……」

「もうたっぷり懲らしめたよ……おーい、タクシー」

ブレーキがキィーッと音を立て、流しのタクシーがかれらの傍らに停まった。ジョニーとサムは乗りこんだ。

「四十五丁目とブロードウエイの交差点へ」ジョニーが運転手に命じた。「全速力で！」

三十分後、かれらは四十五丁目ホテルの前でタクシーを降りた。ジョニーがエレヴェータを待っているあいだ、サムはカウンターに歩いて行った。そこにはもう一枚伝言メッセージがあった。サムはそれを取るとジョニーに手渡し、かれらはエレヴェータに乗りこんだ。

メッセージはシーブライトからだった。こう書いてあった。

『重要用件あり、電話を乞う。午後八時までプラザ五―一一二七、そのあとはクラブ・メイグへ』

「いま何時だ？」ジョニーはエレヴェータ係に訊いた。

「わかりません。時計を持っていないので」

「おれは八個も持っていたのにな」ジョニーは嘆いた。「いまどれも質屋に入っている」

エレヴェータ係はその冗談ににやりとした。彼は四十五丁目ホテルでは新顔だったので、ジョニー・フレッチャーを知らなかったのだ。八階でジョニーとサムはエレヴェータを降り部屋に急いだ。中に入ると、ジョニーは電話を取り上げた。

「いま何時だい、スイートハート？」彼は交換嬢に尋ねた。

「午後八時十分です」と返事があった。

「そうか、ではクラブ・メイグに電話して、オーヴィル・シーブライトという人を呼び出してもらえないか？　電話に出たら、おれを呼んでくれ」

彼は電話を切るとバスルームに向かった。鏡で自分の顔を改めて見てひるんだ。両眼は黒く縁取られ、左眼は腫れ上がり切れている。

左頰は黒ずみ膨れており、いくつか打撲傷があった。口の切り傷は特にひどかった。

彼はバスタブに湯を満たすと服を脱ぎはじめた。浴槽に入ると痛みで唸った。サムがバスルームに入ってきた。

「医者でも呼ぼうか？」

「何のために？」

「具合が悪そうだからさ。しばらく湯に浸かったあと、寝たほうがいいかもな。よく寝れば元気も回復するよ」

「眠れたらな。抽斗にきれいなシャツがあるかどうか見てくれないか？」

サムは驚いた。「外出するなんてとんでもない！」

「やらねばならないことがあるんだ。明日、千百ドルの小切手を決済するのに三百十ドルしか手持ちがない。マージョリー・フェア殺しの犯人を捕まえて、エスベンシェイドから千ドル受け取るんだ。歩ける範囲にある銀行はすべて使い果たした。明日、手形を振り出すのは容易なことじゃない。明日はなんとかごまかせても、明後日はブルックリンの銀行で仕事をしなくちゃいけない」

サムは唸った。「町をずらかれないのかい？」

「そんなことをしたら国中の債権会社に追い回されるぞ。人を殺しても、追いかけてくるのはせいぜいお巡りだ。銀行や商店を握っている債権会社に比べれば楽なもんさ。不渡り小切手を出すのは車を盗むのと同じ悪事だ。あーあ、あの小切手を明日有効にしなければ——いやずっと有効にだ！」

サムはバスルームを出て行こうとした。

「おい——あの男、ジョージはお巡りに捕まった……けど、やつを雇った男はどうなる……？」

「そうさな。でもジョージが進んでお巡りに情報を与えるかい？」

「拷問で吐かせることぐらいできる」

「それは白状させるネタを握っていればだ」ジョニーは首をふった。「お巡りが事件を解決したら、おれたちは千ドルにありつけなくなるんだぞ、わかったか？」

「ああ、でもな、あの娘を殺した犯人はジョージが知っていると、エスベンシェイドに告げるのか？そんなことをすれば犯人の名前を教えてやったも同然だ」

「それはおれも考えていたよ、サム。バービゾン—ウォルドフ・ホテルに電話して、おれたちがこれから情報を持ってそちらにうかがうと、エスベンシェイドに伝えてくれ。千ドル稼げるアイデアを売りこんでやろう」

サムはベッドルームに向かった。そのあいだにジョニーはバスタブを出て、身体を乾かしはじめる。それが終わる前に、サムがまたバスルームの戸口にやってきた。

「彼は出かけたそうだ」

「上階のスーザンの部屋にかけてみな」

サムはしかめ面をした。「スーザンはちょっとまずいんだ」

「どうした?」

「ちょっとな、さっき、おれは階下のラウンジにビールを飲みに行ったんだ。そこにスージーはアームストロングと居た。アームストロングがおれを侮辱するんでちょいと締め上げてやった。それがスージーの気に障ったんだ」

「アームストロングとスーザン・フェアか」ジョニーはじっと考えた。「アームストロングはマージョリーに熱を上げていたはずだ」

「ふーん、そんな様子には見えなかったな。かれらはまじめに話していたようだ」

ジョニーは服を着はじめた。「彼女の部屋に電話してくれ」

サムはさっそく電話をしたが返事はなかった。「おまえはいつも相手がいるものと思いこんでいる」

「ふたりで食事をしているのかもな」ジョニーはほのめかした。

「おれも腹ぺこだ。家具でも齧りたい気持ちだね。でも喰べるひますらない」

電話が鳴り、ジョニーはバスルームを出ると受話器を取った。「はい?」

ホテルの交換嬢だった。「すみません、ミスター・フレッチャー、ミスター・シーブライトはクラブ・メイグにもお出でになっていないそうです。あとでまた電話してみましょうか？」

「いや、いい。ありがとう」ジョニーはそう答えると電話を切った。

「彼はクラブ・メイグに行く途中なんだろう。そうだ、おれたちもそこに出かけるか。夕食にありつけるかもしれない」

サムはバスルームに入ってさっぱりし出てきた。

クラブ・メイグの前でタクシーを降りると、ちょうど午後九時だった。五十二丁目に建つ、くすんだ褐色砂岩の建物の地下にある、怪しげなレストランだった。揃いの服を着たドアマンがかれらを吟味し、しぶしぶドアを開けてくれた。

内部にはビロードのロープが張ってあり、あきらかにレストランには空席があった。ウエイター長は見下すように首をふった。「すべて満席です」

「どこが？」ジョニーが訊いた。「まだ空席があるじゃないか」

「ご予約です。すべてのテーブルは予約で満席です」

ジョニーはポケットに手を突っこむと札束を取り出し、五ドル札を選り分けた。ウエイター長はそれを見てから、ジョニーの感じのよくない顔に眼をやった。

「申しわけございません」彼は言い張った。

ジョニーは小声でぶつぶつ言って十ドル札を出した。

「これでテーブルが見つかるだろう」

ウエイター長は十ドル札を掌で隠すと、ビロードのロープを引き下げた。

「さあ、どうぞ」彼はジョニーとサムを店の一番奥にある明かりの薄暗い小テーブルに案内した。彼はジョニーに椅子を引き、顔色をうかがいながら尋ねた。「何か事故でも」

「勝負でね」とジョニー。

「ああ、マディスン・スクエア・ガーデン（八番街のスポーツセンター）で？」

「いや、格闘さ。ほんの路上での殴り合いだ……」

ウエイター長はポカンとした笑いを浮かべ、ウエイターに合図した。ウエイターがやってくると、ジョニーは三十六枚のメニュー・シートを払いのけた。

「ステーキ二人前。待っているあいだのオードブルにハム・サンドをそれぞれに。スコッチのダブル二杯をおれに、一杯を友人に……」

「おれにも二杯くれ」サムが追加した。

第十八章

ウエイターが去ると、ジョニーはふんぞり返り、クラブ・メイグの中に見知った顔がいないかを探した。すぐ近くのブースにふたり見つけた。マリオタ・レコード会社の元重役、ドニガーとファーナムである。それにデカパイの女がひとり、ドニガーのわきに座っていた。

「ステーキがきたら呼んでくれ、サム」

そう言うとジョニーは立ち上がった。彼は三人のいるブースをいきなり襲った。

「これは、みなさん」入って行くなり、ジョニーはやおら声をかけた。

ドニガーは冷ややかにジョニーを見上げた。「何だね？」

「由緒あるマリオタ社がなんともお気の毒なことで？」ジョニーはいかにも同情した口ぶりで言った。

「あなた方おふたりにはそれほどの痛手はないでしょうな。ご経歴からすれば、仕事ぐらい何の支障もなく見つかるでしょうし」

「きみはいまの探偵仕事に就いてから、どのくらいになるんだ？」ドニガーは当てつけるように訊いた。

ジョニーはくっくっと笑った。「せいぜい一日、二日ですよ！　しかも自分から志願してね」

彼はファーナムの隣り、ドニガーとデカパイ女の真向かいのブースに腰を下ろした。

そしてファーナムに意味ありげな笑顔を向けた。

「どうだい、エディ？」

それから返事も待たずに、ドニガーにふたたび眼をやった。

「ぼくにはダグ・エスベンシェイドという友人がいましてね。あなたを何とかしてくれるかもしれない、ドニー……」

「きみはエスベンシェイドと知り合いなのか？」ドニガーは声を上げた。

ジョニーは二本の指を持ち上げ、両方を堅くくっつけて見せた。

「こんな風なんだ、ダグとぼくは。ダグはアイオワの大金持ちのひとりだが抜け目がない。だからマリオタを潰したんだ」

ドニガーの隣りの女性が肘で強く彼を突っついた。

ドニガーは慌てた。「いや、ごめん、ルーシー、こちらはミスター・フレッチャー。フレッチャー、これが妻の……」

「ミセス・ドニガー！　これはどうも、お目にかかれて光栄です」

それからドニガーに向かって言った。

「ずるい人だな、結婚されているとは知りませんでした。どうしてご家族の話をしてくれなかったんです？」

「どうせ古女房ですからね」ミセス・ドニガーは歯に衣着せず言った。「家には子供もふたりいるんですよ。子供のことすら話してなかったんですか？」

「まあ、まあ、ルーシー」ドニガーはきまり悪げに言った。

「お子さんがふたりも！」ジョニーは嘆声を挙げた。「それは、それは……」

彼はそっくり返ると馬鹿にした目付でドニガーを見た。それからおもむろに言った。「ところで、ヴァイが今日電話をしてきたよ」

「ヴァイって？」ミセス・ドニガーが尋ねた。

「ヴァイオレット・ロジャース。マリオタ社の電話交換嬢です。とびきりの美人で……！」

ドニガーの顔はクー・クラックス・クラン（アメリカの秘密結社、白人至上主義団体）会員の新たに洗濯したシーツみたいに冴えない白色になった。

「きみはいつまたエスベンシェイドに会うつもりかね？」彼はいらいらしながら尋ねた。

「ああ、おそらく明日。心配ない、あんたのことはよろしく言っておく。でもヴァイについて話したいことがあるんだ」

「やめてくれ」ドニガーはどなった。

「あーら、ミスター・フレッチャー」ミセス・ドニガーは極めて平静な口調で言った。「ヴァイのことを話して下さらない。なんでもすばらしい美人だとか……」

ジョニーは意味ありげに口笛を吹き、眼をくるくるさせた。それからファーナムにも呼びかけた。

「彼女はどうなる、エディ？」

ファーナムは押し黙ったままで、それは普段の様子だった。

「ヴァイも仕事を失うことになるでしょうね」ミセス・ドニガーは満足げに言った。

「彼女の美貌からすれば心配するようなことはありませんよ」ジョニーはわざと言った。

サム・クラッグがおーいと大声を挙げてきた。

「ジョニー、喰いものがきたぞ！」

ジョニーは立ち上がった。

「失礼、みなさん、あとでまた寄らせてもらいます」

彼は急いで自分のテーブルに歩いて戻った。そこにはレタス、バター、マヨネーズで山盛りになったハムサンドがテーブルを占めていた。ジョニーは座ると、サンドイッチをつまみ、しかめ面をした。

「サンドイッチにマヨネーズを付けなければいけない法律でもあるのか？」

彼は料理を持ってきたウエイターにいちゃもんをつけた。

「まさか、そんなこと考えられません」ウエイターは詫びた。「コックが……」

「コックに言ってやれ、マヨネーズなんかいらない客の方が多いんだと。おれは議会に戻ったら、あんなものの製造を禁止する法案を提出するからな。こんな代物は持っていけ——コックに新しいハムサンドを作らせろ。その上にマヨネーズなんか垂らしたら承知しないぞ。ほんの一滴でもな。わかったか……」

「おれのもそうしてくれ！」サムもわめいた。

ウエイターはサンドイッチをかき集めた。ジョニーはドニガーのブースを見回した。ミセス・ドニガーが夫に喰ってかかっている。ドニガーはクリーム皿をひっくり返して叱られているネコみたいな表情で、興奮ぎみに自分を守るのに精一杯だった。

「ドニガーとかみさんをひともめさせてきたところだ」ジョニーはうれしげにサムに伝えた。

「彼もたしかに事件に関与している。何を話したんだい？」

「別に何も言っちゃいない、ちょっと臭わせただけだ。ミセス・ドニガーは夫が自分とヴァイオレット・ロジャースとに二股かけているのを、いま確かめているんだ」

サムはポケットに手を押しこんで紙片を引っぱり出した。

「ちぇっ、忘れてた——彼女にさっき電話したんだ。彼女はあんたに夕べと同じ場所で会いたいと言っていた」

「おれに話があるとは好都合だ——あれれ……！」彼はサムの背後を見た。

スーザン・フェアがレストランに入ってくるところだった。彼女のうしろにはオーヴィル・シーブライトがいる。品のよいブルーのスーツを身にまとい、ヴェストの折り返しには白の紐飾り、上着には黒の紐飾りをつけている。

ウエイター長がかれらをジョニーとサムの隣席に案内してきた。かれらが近づいてくるとジョニーは立ち上がった。

「これはよいところに、ミス・フェアとミスター・シーブライト！　われわれの席に加わりませんか？」

スーザンは気が進まない様子だったが、シーブライトは一向に構わなかった。ウエイター長との話がまとまって、もうひとつのテーブルがジョニーの隣りに運びこまれた。

四人はそろって席に着いた。

「わしに電話をくれたかね？」シーブライトが尋ねた。

「いいえ、四回も電話を頂いたようですが、ぼくはジムで少しトラブルがありましてね」

ジョニーは自分の傷だらけの顔を指さした。

「荒っぽいスパーリングの相手と当たりまして。あとでみせしめをしてやりましたが」

「あら、あなたがみせしめにされたんじゃない」スーザンは遠慮会釈なく指摘した。

ジョニーは笑った。「相手のありさまを見せてやりたかった」

ウエイターはハムサンドを持って戻ってきた。

ジョニーはひと言言った。「ちょっと待て」

彼は上側のパンを剝いだ。そして念入りにハムを改めた。

「これはおれの想像だが――コックはハムからマヨネーズを拭き取り、その上に新しいパンを乗せたようだ。これをもういちど持ち帰ってコックに伝えろ。おれは新しいパンと新しいハムが喰べたいんだ――マヨネーズで汚れていないやつをな」

ウエイターは嫌な目つきでジョニーをにらんだが、「はい」と答えて、サンドイッチをふたたび下げて行った。

「ぼくはカードを印刷しようと思っているんですよ」ジョニーは続けた。「それには『わたしはマヨネーズが大嫌いです』と記し、どこのレストランに行っても、それを渡してやるんです」彼は首をふった。「ミスター・シーブライト、あなたがレコード会社におられたとき、マヨネーズの元セールスマンを販売員に採用すべきでしたね。かれらはセールスマンとして世界一です。なにせ国中にマヨネーズを押しつけた実績がありますからね」

シーブライトは笑った。「わしがレコード業界にいたときと言ったが、もう業界にいないと、どうして思ったのかね？」

「それは今日の新聞を読んだからです……」

「確かに、そうだ。しかし管財人はレコード業について何を知っている？　かれらはその仕事を知っている地位にいた者を押さえておかなくてはならない。それに——会社が財産管理されるのはせいぜい一日か二日だろう」

「金は集まりましたか？」ジョニーは当てつけのようにスーザン・フェアを見た。

「大丈夫だと思う」シーブライトはおだやかに言った。「会社への再融資に前向きな銀行と交渉している」彼は咳払いをした。「できるだけ早くかれらにコン・カースンのレコード原盤を見せたい」

「見つけたんですか？」

「いや、まだだ。きみと話したかったのはそのことだ」

「はーん」とジョニー。

「夕べの話の続きをしたかった」

「それで？」

「昨夜の提案に色をつけたいと思ってね。二倍の金額ではどうかね？」

彼はうかがうようにジョニーを見つめた。そして首をふると付け加えた。

「それにわしのポケットから、個人的にもう五千ドル加えてもいい」

「合計一万五千ドルか？　それは大金ですな、ミスター・シーブライト」

「そう思う」

「ひとりの男をけしかけて、あなたのためにレコードを見つけさせるには充分な金だ」

「わしもそう思った」

「ただ、どこから探しはじめたらよいのかわからない」

シーブライトはジョニーを凝視した。

「それを考えるんだ」

「考えましたよ、ミスター・シーブライト、考えてみました。実は内緒ごとを打ち明けると、今日ぼくはジムで顔をマッサージされたわけじゃありません。コン・カースンのレコードを持っていたからです。ぼくが持っているとだれかが考えた。そこでふたり組の男たちに千ドルを渡し、有無を言わせずレコードを入手しようとしたんです」

シーブライトは重い息を吐き出した。

「きみと話していると、どこまでがほんとうで、何が嘘なのか見当もつかない、フレッチャー」

「こんどは嘘などついていません。見えないところにさまざまな傷をつけられたことも話しておきましょう。肋骨も二、三本ひどく痛む。実は身体中の至るところがずきずきする」

「おれもだ」サムもあいづちを打った。

「ぼくはヒーローじゃない、ミスター・シーブライト。やつらに要求されればレコードを渡したでしょう。でもできなかった。なぜならそのときは持っていなかったからです」

「そのときは？」

「言葉のあやです」

「わたしにはこう思えるわ」スーザン・フェアが口をはさんだ。「あなた方のどちらかはいつもトラブルを探してうろつき回っているみたい」

「ミスター・アームストロングとサムの些細ないざこざを言っているんでしょう？　その話は聞いています」

「アームストロング？」シーブライトはスーザンを見ながら尋ねた。「チャールズ・アームストロングか?」

「姉のお悔やみを述べに、今日の午後いらしたわ」スーザンは静かに言った。

「アームストロングはマージョリーに惹かれていたんです」ジョニーは誇張して言った。

シーブライトはそのことに関心を示した。

「それは知らなかった。実は、わしにはいささかそれが信じ難いんだ。姉上との契約に反対票を投じたのが彼だったことを思い起こすとね。わし自身はあのレコーディングが気に入っていたんだが、会議での意見の一致を重んじて……」彼は肩をすくめた。

「アームストロングはマリオタ社で決定権を持っていたんですか?」ジョニーは尋ねた。「ドーカスはすっかりマージョリー支持で、あなたもそうだった。営業部長は彼女の声が気に入っていた。しかしチャールズ・アームストロングは彼女の起用に反対した。そのためにあなたは彼女を採用しなかった」

「調和、フレッチャー、社内の調和だよ。ミス・フェア」とスーザンを向いて言った。「許してくれ、ミス・フェア、きみの姉上のレコーディングはすばらしいものだった。しかし結局のところ有名な存在ではなかった。無名の新人を売り出すのはかなり難しい。会社の社長としては、それがかなりの重荷だったし、それに……」

「わかりますわ、ミスター・シーブライト」スーザンは低い声で言った。

シーブライトはいきなり椅子をうしろに引いた。「言っておくが、あそこにいまドニガーも、エド・ファーナムもいる。失礼、ミス・フェア、ドニガーには訊いておきたいことがあるんだ」

彼は立ち上がるとドニガーのテーブルに向かった。ジョニーはサムに合図し椅子をぐいと動かしたので、スーザン・フェアの隣りになった。

「いつアイオワにお帰りになるんですか、スーザン？」

「二、三日したら——どうして？」

「ええ、ぼくも考えていたんですが、ニューヨークでできないことが、アイオワでできますか？　ここでしたらショー・ビジネスに知り合いがいますが……」

「フォーリーズ（グラマー・ガールが売り物のレヴュー）にわたしの仕事を見つけて下さるの？」

「フォーリーズはもう流行ってませんよ。あれはだめです、ジーグフェルド（舞台演出家。米国レヴュー界の第一人者）が死んでからはね。しかしまだショーはたくさんありますよ。それにあなたの容姿なら……」

「ごめんなさい、興味ありませんわ」

「モデルは？」

「モデルもいやです」

「雑誌の表紙写真を考えているんですが？」

「わたしが考えているのはあなたの言い草のことよ」スーザンは反論した。「デス・モインズで耳にタコができるほど聞かされたせりふだわ」

ジョニーはにやりとした。「そうか、それじゃ話の糸口をつかむことを少し考えてみたら？　シーブライト老人を厄介ばらいして、どこかもっと楽しい場所に、ぼくとしけこむのはどう？」

「まあ、ミスター・フレッチャー！」スーザンはあざ笑った。「わたしはミスター・シーブライトと一緒にここにきたのよ。彼を置き去りにして出て行くなんて性に合いませんわ」

「それは仕方ないさ」

「あなたが考えていたのはどんなところ？　つまり、わたしを連れて行きたい場所よ――すてきで気持ちのよい、小さなハンガリー・レストランで、明かりはうす暗く、ジプシーの衣裳を着た楽士が『ジプシーがヴァイオリンをすすり泣かせるとき』を演奏するの？　そんな場所が心に浮ばないかしら？」

「いいですとも、男と女になって、こんな連中から逃れましょう。そしてぼくが自分のことをすっかり打ち明け、きみがこれまでの人生を語るんです」

「目的は――なあに？」

「目的、いまどうしてわかる？　もっと仲よくなってからさ」

スーザンは唇をひきしめ、ジョニーの顔をじろじろと観察した。

「そうねえ、でもあなたの顔では美容整形を受けてもちっともよくならないわね。人柄はちょっぴり悪党タイプだし。わたしは悪党が好きよ。でも男と女よ、ジョニー・フレッチャー、本気で考えてみたらどうなの。若い娘があなたと手をつないで自宅に連れて行き、『ママ、この人、彼氏なの』と言えるタイプかしら？」

「ぼくは狂犬病にかかったことはないよ」

スーザンは吹き出した。

「わたしは今日の午後、ホテルでボーイと話したの。ボーイ長らしい小柄な男の人よ……」

「エディ・ミラーだ」

「そう、エディ。彼はあなたのことを褒めていたわ。ときどきホテルの客扱いにあなたが癇癪を起こすことも話してくれた。そうねえ、でもあなたびいきみたいね。エディにとってあなたはすばらしい人なのよ――」

「まともな連中にぼくを褒め上げてくれるので、わずかながら小遣いをやっている」

スーザンはサム・クラッグを見やった。

「あら、あなた、ズボンが戻ったのね」

サムは赤面した。「ああ、金のおかげでね」

「ミスター・エスベンシェイドのかしら？」

「エスベンシェイドのような男を好きな娘もいると思うね」ジョニーは率直に認めた。「しかしあそこで金勘定やクーポン券の切り抜きをやって何が面白い？ きみの指にタコができるよ。もっとも千ドルぐらいなら、ぼくだっていますぐ数えてもいいけど」

「千ドルであなたは何をするつもり？」

「その質問はこうすべきだよ。ぼくが千ドル持っていなかったら何をしているか？」

スーザンは驚いて彼を見つめた。

「あなた、千ドルの借金があるの？」

「そんなことはない。実を言えば、ぼくには借金などまったくない。だれからも十セントだって借りていない。昨日はホテルのわずかな請求書があったけど、それもすでに支払い済みだ」

「それなら、どうして千ドル必要なの？」

「それはあの賢いボーイがあなたに言ったように、ホテルの請求書の支払いのためにサムのスーツを質入れした。それからそのスーツを受け出すために、そう、千百ドルかかり、これまでに……」

「あのスーツが千百ドルなんて代物かしら？」

「二十七ドル五十セントです、レディ」サムが丁寧に訂正した。「これでも足を棒にして貯めこんで買ったものです。もっとも国中どこでも手に入るスーツですがね」

第十九章

オーヴィル・シーブライトはテーブルに戻ってきた。着席すると咎めるようにジョニーに眼をやった。

「いまミセス・ドニガーに確かめてきたところだ。彼女の夫と電話交換嬢ヴァイオレットとのあいだには、現在も、これまでも一切関係がなかったそうだ」

「そうですか、だれがあると言ったんで？」

「その話をほのめかしたのは、きみのようだが」

ウエイターはジョニーとサムにステーキを運んできた。

「ハムサンドはどうした？」ジョニーは問いただした。

「コックが言うには、もうハムがないそうです。いつもたくさんのお客さまがおいでですが、何度も料理をキッチンに突き返す方はおられません」

「このおれがそうだ」ジョニーは言い返した。「しかし憶えておけよ。革命がきたら客はまた正気に戻るんだ」

「さあねえ」ウエイターはそう答えると、料理を音を立てて置き、キッチンに戻って行った。

ジョニーは悲しげに首をふった。

「やつに五十セントのチップをやろうとしていたのにな！」

ジェファースン・トッドとダグ・エスベンシェイドがシーブライト、フェア、フレッチャー、サムのテーブルに威勢よく近づいてきた。

「おや、おや」ジョニーは言った。「こんなところでお珍しい」

「それはこっちのせりふだ」トッドは反駁した。

「喧嘩を売りにきたのか、ジェファースン。おれもそうは……」

「フレッチャー」エスベンシェイドが声をかけてきた。「きみにひと言言っておきたい」

ジョニーは立ち上がった。「ぼくもあなたと話したいことが」

彼はエスベンシェイドを男子用洗面所に案内した。中にいた接客係に五十セントのチップを手渡した。「すまないがしばらく外に出ていてくれないか？」

接客係はすぐ外に出て行った。

「フレッチャー」エスベンシェイドは語りはじめた。「じっくりと考えてみて決心した――」

「あの千ドルなら喜んで頂きますよ」ジョニーは話をさえぎった。

「何の千ドルだ？」

「ぼくが殺人犯を捕まえたときにくれると言った千ドルです」

「何の話をしているんだね、きみは？」エスベンシェイドはむっとした。

「取引したでしょう？　マージョリー・フェアを殺した犯人の名前を教えたらくれると言った千ドルです」

「それで、わかったのか？」エスベンシェイドは険しい顔で訊いた。「それが証明できるのか？」

「警察が証明してくれるでしょう」

「わかった。その名前は？」

ジョニーは即答をはぐらかした。

「今朝七時ごろ、レノックス・アヴェニューと百三十五丁目の交差点で、ひとりの男が逮捕されました。男は警官をブラックジャックで襲ったんです。逆にぶちのめされて観念しました。そいつがおれの顔をこんなにしたんです。やつはマージョリー・フェアを殺した男に雇われていたんです」

「何者だ？」

「警察が明らかにしてくれます」

「きみ自身は知らないのか？」

「何と言っても、ミスター・エスベンシェイド、ぼくは拉致され数時間にわたり拷問されたんです。逃げられただけでも充分うれしかった。しかし拷問は技術の問題でしてね。警察は泥を吐かせるのに慣れていますよ」

エスベンシェイドは洗面所のドアに向かった。ドアを開けると一瞬キョロキョロした。それからだれかの眼を捉まえ合図した。すぐにジェファースン・トッドが洗面所に入ってきた。

「トッド」エスベンシェイドは訊いた。「きみは警察に顔が利くと言っていたな」

「そりゃそうだ」ジョニーが口をはさんだ。「彼はいつでも駐車違反をかたづけてくれますよ、罰金を払ってね」

トッドはジョニーをにらみつけた。

「おまえにはあとでたっぷり言いたいことがあるからな。ところで、ミスター・エスベンシェイド、警察から何をお知りになりたいんですか？」

「今日の夕方、捕まった男のことだ」エスベンシェイドはそう言うと、それからジョニーを見た。

「場所はどこだった？」

「ハーレムの百三十五丁目とレノックスの交差点です」

「それで？」

「フレッチャーによれば、この男は彼をぶちのめすために雇われた。マージョリー・フェアを殺した男にだ」

ジェファースン・トッドは鼻先でせせら笑った。

「いいですか、ミスター・エスベンシェイド、それはつまりこういうことです——その男はどこかで騒々しい喧嘩に巻きこまれ、それを国際的陰謀話にでっちあげたんです」

「おれのことを言っているのか、トッド？」ジョニーは噛みついた。

「別にシャーロック・ホームズの話をしているわけじゃない」

ジョニーは洗面台の下に手を伸ばして、マンハッタンの電話帳を引っぱり出した。めざす番号を見つけると、ポケットから五セントを取り出した。それから壁電話に向かって受話器を取り、五セントを入れダイアルした。

「ハロー、警察署？」彼はすぐさま尋ねた。「今晩、七時すぎにレノックスと百三十五丁目交差点で、男を捕まえた警官と話したいんだが。その男はブラックジャックで警官に立ち向かい、警官は警棒で鎮圧したと思う。……何んだって……？　いまそこに報告書が届いた。それは好都合だ……警官の名はホルツネイグル、立派な男だ……えっ……いいえ、いいえ、わたしはただの目撃者のひとりで、じゃ、バイバイ……！」

彼は電話を切った。「警官はジョージに手錠をかけなかった。それで警察のワゴン車を呼んでいるすきに、ジョージは逃走し行方をくらましてしまった……！」

トッドは耳ざわりな声で大笑いした。

「ごらんの通りです、ミスター・エスペンシェイド」

「おれを嘘つき呼ばわりするのか、トッド？」ジョニーは喰ってかかった。

「おまえはどう考えるんだ？」

ジョニーはもう一枚五セント貨を取り出した。

「これでハーレム警察署にかけてみろ、こんどは……」

トッドはその提案をふり払った。

「ハーレムにこんな事件は腐るほどある。珍しくもない。おまえはおそらく赤新聞の三文記事で見つけたんだろう。巻きこまれた男は、おそらくおまえがこれまでの人生で会ったこともない人間だろうよ」

ジョニーはエスペンシェイドをふり向いた。アイオワ男の顔は冷たく無表情だった。

「わたしが払った金は取っておけ、フレッチャー。だが残りの金は忘れろ、いいな？」

「あんたのために働かなくてもな」ジョニーはいやみを言った。「自分のために働くんだ。あの男を捕まえてみせる――」

「他人に迷惑かけるのはやめるんだな」エスペンシェイドはぶっきらぼうに続けた。

ジョニーは洗面所のドアをバタンと開けた。「行こう、サム！」

「でもおれはまだ喰い終わっていないぞ、ジョニー」サムは抗議した。

「おれ以上に喰ったじゃないか」

彼はシーブライトとスーザンに会釈した。

「失礼しますよ……」

「わしが言ったことをよく考えてくれ、フレッチャー」シーブライトが別れ際に言った。

ジョニーは返事をすることさえ煩わしかった。彼が帰りはじめると、さきほどのウエイターが前に立ちはだかった。その手中には十四ドル八十セントの勘定書があった。

「お調べ下さい、サー……」

ジョニーは金額を注意深く見た。

「すばらしい夕食だったな、ボーイ君。サーヴィスもよかった」

彼はポケットから皺くちゃになった十ドル札と五ドル札をつかみ出した。

「釣銭は取っておけ」

ウエイターが何か文句を言ったが、ジョニーはやり返すには頭に血が上りすぎていた。彼はクラブ・メイグをもったいぶって出た。

タクシーが縁石で停まっている。ジョニーとサムは乗りこんだ。

「どちらへ？」運転主が尋ねた。

「四十五丁目ホテル」ジョニーは答え、すぐ気を変えた。「グランド・セントラル・ステーションにやってくれ」

それからサムに説明した。「ヴァイオレット・ロジャースだ」

「彼女は午後五時三十分にコモドールにいると言った。もう十時に近いな」

「遅くなったな」

「ああ、五時間近い遅れだ」

「まだ待っているかもしれない」

彼女は待っていた。隅のテーブルに座りこみ、前には空のグラスがあった。その身体はこわばり、眼はどんよりしていた。

ジョニーはテーブルに腰を下ろした。

「ごめん、ごめん、ヴァイ、メッセージを受け取ったのがついさっきだったので」

「ジョ、ジョニー・フレッ、フレッチャー」彼女の声はろれつが回らなかった。「わたしはとても人を待てないわ、うぃーっ。だれかれなく。わたしが六時といえば、六時なのよ、うぃーっ。もう家に帰るところだった」

「ごもっとも」ジョニーは詫びた。「おれもそっちに行くから、きみを途中で降ろしてやろう」

ヴァイオレットはやっとのことで立ち上がった。ジョニーが手を貸さなかったら立ち上がれなかったろう。それから彼女はとりすましてサム・クラッグを見た。

「一緒の人はだれなの、ジョニー？」

「サム・クラッグ、おれの相棒だ」

「よろしく、ヴァイ」とサム。

「こちらこそ、うぃーっ。あんたはどうなの、ジョニー、わたしと一緒に地下鉄まで歩いてくれる？話したいことがあるの」

ジョニーが彼女の腕を取ると、サムはもう片腕を取った。両側に寄り添いながらヴァイオレットをバーから歩道に連れ出し、タクシーに乗った。ヴァイオレットの右側にサム、左側にジョニーが座った。

「どこの駅で降りるんだい、ヴァイ?」ジョニーは尋ねた。

「な、なんですって? わたしは地下鉄なんか乗らないわよ、知らなかったの、うぃーっ? わたしは酔ってなんかいないわ。二番街近くの八十四丁目に住んでいるのよ」

「八十四丁目と二番街の交差点にやってくれ」ジョニーは運転手に命じた。

タクシーは急発進した。ヴァイオレットはジョニー・フレッチャーの腕につかまる。

「ねえ、お兄さま、あんたと話したいことがあるの、うぃーっ。わたし怖いのよ、わかる……」

「何が?」

「何がって――マージョリー・フェアに起こったことよ。あんたはそのことについて、わたしが何も知らないと思っているでしょ、うぃーっ? でもねえ、わたし――わたしってほかの人が考えているよりもっと知っているの、わかってる? あいつもわたしの知っていることをわかっているのよ、ねえ、さもなきゃこんな手紙を送ってこないわ……」

彼女はハンドバッグを手探りして、やっとくしゃくしゃになった汚い封筒を見つけ出した。ジョニーはそれを彼女の手から取り上げた。見るとニューヨーク市C郵便局の消印があった。鉛筆書きの汚い住所と宛名は、ニューヨーク州ニューヨーク市、ケイミン・ビル内マリオタ・レコード会社、ミス・ヴァイオレット・ロジャース。

封筒内には安っぽい罫紙が一枚、新聞から切り抜いた文字が貼ってあった。メッセージにはこう書かれていた。

『口を閉じておけ、さもないと彼女と同じ目に遭うぞ』

「これをいつ受け取った？」ジョニーは冷静に尋ねた。

「今朝、郵便受けに入っていたの。これがあんたに話したかった理由よ」

「きみの口封じのためだな」

「そう、そうなのよ。一日中黙っていなくてはいけないの？　会社ではだれにも一言もしゃべっていないわ。脅迫状がきたことは警察にも知らせていない。これを書いたやつは本気だと思う。だからわたしは口を閉じ続けていたの」

ジョニーはためらった。「他人にしゃべるなって、いったい何をだ？」

「それが腑に落ちないのよ。わたしにもわからない」

「他人が考えている以上のことを、きみは知っていると、おれには話したじゃないか」

「そのはずなんだけど」

「それは何だい？」

「言ったでしょ、それが何だかわからないのよ」

「なあ、ヴァイ」サムが割って入った。「何だかわからないことを、どうやって知ったんだい？」

「やめてよ、頭がこんがらがってくるわ、お兄さん。わたし知りすぎたのよ」

「何を？」ジョニーは辛抱強く繰り返した。

「この手紙を受け取ったのはわたしなのよ？」

ヴァイオレットは憤然として訊き返してきた。

「口を閉じろと書いてあるでしょ？　他人に話すことのできない何かを、わたしが知っているという意味ね、きっと」

「これが最後の質問だ、ヴァイオレット」ジョニーは尋ねた。「いったい何を知っているんだ？」

「これが最後の答えよ、ジョニー・フレッチャー。わたしは自分が何を知っているのか知らないのよ。でも、何か知っているはずだわ、さもなければ、こんな脅迫状を受け取るはずがないもの。単純なことじゃない？」

「もしそうなら、おれはまるでクイズ小僧だ」

「もういちど言わせてね」とヴァイオレット・ロジャース。「わたしにわかるのは、マージョリーを殺した犯人が知っている何かを、わたしも知っているということよ。あんたたちはそれを理解できないの？」

ジョニーはうんざりしてため息をついた。

「きみはオフィスの鍵をまだ持っているかい？」

「何のオフィス？」

「マリオタ・レコード会社のオフィスさ」

「もちろん、持っているわ。なぜ……？」

ジョニーは身を乗り出し運転手に話しかけた。

「レキシントンと四十二丁目の交差点に行ってくれ」

ブレーキ音がきしり、タクシーは傾きながらUターンし、南の方向に疾走しはじめた。

「あら、どこへ行くの？」ヴァイオレットは尋ねた。

「きみの会社さ。きみの知っているものを見つけることができるかもしれない」

「こんな真夜中に会社には入れないわ」

「どうして？　鍵は持っているんだろう？」

「ええ、でも……」

「でも、何だい？」

「あんたたちふたりとも――マリオタの社員じゃないもの」

「法律上はきみだってもう社員じゃない。しかし鍵は持っている。だからおれたちは入れるんだ」

「それじゃ、まるで泥棒ね」

「そう、泥棒さ」

　ヴァイオレットはうめき声を挙げた。

「もう一杯欲しいわ」

「きみはもう飲んでいるじゃないか」

「二杯きりよ。それにもう酔いが醒めかけている」

「そいつは好都合だ」ジョニーは安心した。

第二十章

タクシーはケイミン・ビルの前で停まり三人は降りた。ジョニーは料金を支払い、ビルの玄関に向かった。巨大なガラスのドアには鍵がかかっていた。内部を透かして見ると、通路には薄暗い明かりが点いている。ジョニーはエレヴェータ近くの高いカウンターの背後に座っている人影を見た。ドアをガタガタゆすったが開かないので、ポケットから五十セント硬貨を取り出しドアを叩いた。

それは効果があった。中にいた男がドアの方にやってきて掛け金を外してくれた。

「何かご用件ですか?」彼は尋ねた。

「このビルに入りたいんだが」ジョニーは答えた。「マリオタ・レコード会社に」

「あなたは社員の方ですか?」

「そうだ、鍵を持っている」

夜警はためらったが、やがてドアを大きく開け、かれらを小高いカウンターに案内した。

「来客名簿に記入して下さい」夜警は名簿を差し出した。

ジョニーは三人分の姓名を記した。ジェファースン・トッド、ジョージ・モロトフ、ヘレン・スミス。それから夜警の運転するエレヴェータに乗った。

十二階で降りると、三人はマリオタ・レコード会社のオフィスに向かった。会社のドアはヴァイオレットが自分の鍵で開けた。ジョニーは社内の主要な部分の電灯を点ける。それから戻ると内側からドアをロックした。

「さて、何を盗むの?」ヴァイオレットは尋ねた。

「何か盗むものがあるかい?」

「金庫はロックされている。番号の組み合わせは知らないわ。わたしに訊かれても、ここにはオフィス調度とレコード類しかない」

「レコードか、それはどこにしまってあるんだ?」ジョニーが訊いた。

「保管室よ」

「それはどこ?」

ヴァイオレットは保管室のドアに案内した。ドアを開け室内の電灯を点けた。細長い部屋で両側に棚が並んでいる。幾つかの棚には事務用品、帳簿や台帳、狭い間隙に数百枚のレコードがアルファベット順に収められていた。

「レコード・プレーヤーがあれば、このレコードをかけられるのにな」サムが残念そうに言った。

「何言ってるの、ここは各部屋にプレーヤーが備えてあるのよ。でも夜中にここにきてレコードをかけたら、どうかしていると思われるわよ」

「サムのことはほっとけ」ジョニーは相手にしなかった。

彼はもういちどじっくりと部屋を見回し、そこから離れようとしたとき、眼が簿記係の帳簿で止まった。

「なあ、この帳簿の中に株主のリストはないか?」

「わたしは交換手よ。帳簿のことなんて知らないわ。でもわたしの手帳に、大株主の名前はすべて書いてあるわよ」

「しかしだれが何株持っているかは知らないだろう？」

「だれがボスかは知っているわよ」

「だれだい？」

「社長、当たり前ね」

「その次は副社長か？」

「ええ、あの冷たいファーナム老。彼が会社を切り回しているわ」

「しかし彼はただの経理部長だろう」

「シーブライトの次は、彼がボスよ。少なくともこの会社に関するかぎりはね」

ジョニーは大帳簿の一冊を引き抜き開いた。表紙には「受け取り勘定」と頭書がしてある。

彼は帳簿を閉じ別の帳簿を開いてみた。そこには「営業費」と書いてあった。

別の小帳簿を手に取り何気なく開いてみた。やっと興味あるものが見つかった。「会計年度末の株主一覧、六月三十日」と読める。

そこで彼はうなった。「マリオタ・レコード会社の最大の株主はだれだい、ヴァイオレット？」

「社長だと思うわ」

「シーブライトの名前は株主リストの六番目だ」

「冗談でしょ！」

「彼は優先株を一万四千四百五十株、普通株を百五十株所有していると、ここには記されている」

「優先株と普通株の違いは何だい?」サムが質問した。

「普通株は議決権株だ。優先株は上得意客の持つ株だ。利益配当金があれば優先してもらえる――普通株の株主が賛成すればだが。普通株の株主は会社の経営を任される。これを見ると、エドワード・ファーナムは普通株を二百株、優先株を二万一千六百株持っている」

「シーブライトよりも多いの?」ヴァイオレットは叫んだ。

「リストではそういうことだ。しかしファーナムでさえトップではない。トップはイースト・リヴァー信託会社、コン・カースンの代理として、優先株を二万五千株、普通株を二百二十五株所有している。この会社がカースンに株を与えて、コンチネンタル・レコード社から彼を引き抜いたんだ」

「そうか、でもカースンは死んだ――とにかく彼はこの会社では活躍できなかったのよ」

ヴァイオレットはジョニーの背後から名簿を覗きこんだ。

彼女は大声を挙げた。「マーティン・プレブルってだあれ?」

「リストの第二株主で、優先株を二万二千五百株所有している。アイオワのシーダー・ラピッズ在住だ」

「アイオワ?」サムが叫んだ。「ダグ・エスベンシェイドの出身地だ」

「図星だ、サム、アイオワだ。シーダー・ラピッズはデス・モインズからわずか二、三百キロしか離れていない。うまいところに気づいた、サム。そいつだな」

「このプレブルというのはエスベンシェイドのことか?」

「たぶん代理人だ。エスベンシェイドのダミーということもありうる。第三位の株主はほかならぬジョー・ドーカスだ。優先株二万三千株、普通株二百株。うまいことやったな、ジョーめ」

「第四位は？」サムが尋ねた。

「わが友、アームストロング、優先株三万株、しかし普通株はわずか二十五株だ。優先株主はざっと一頁分ある。一番少ないシャーロッテ・ザイスカインドの二株までな。ああ、ここにウオルター・ドニガーもある。優先株が千株、しかし普通株は五株——あれ？　ヴァイオレット・ロジャース、優先株五株……」

「わたしのやっと貯めた虎の子」ヴァイオレットの声は悲痛だった。「その二百五十ドルが水の泡」

「一株五十ドルで買ったのか？」

「当時は一株五十ドルの価値があるはずだったのよ。それがいまじゃ五セントにもならない……」

「ほんとうに一株五十ドルもしたのか？　じっさいにきみが金を出したの？」

「お金は払わなかったわ」

「『やっと貯めた虎の子』と言ったじゃないか？」

「それは言葉のあやよ。二百五十ドルの価値があると彼が言っていたもの」

「彼ってだれのこと？」

「ミスター・ファーナム、だれだと思ったの？　彼がその株をくれたのよ——クリスマス・プレゼントだって」

「ファーナムか」ジョニーはむっつりとして言った。「きみとドニガーは似合いだった……」

「どういう意味？　わたしとドニガー？　ドニーは結婚していたわよ」

「彼の女房には逢ったことがある」

「わたしとドニーのあいだには何もないわよ。ときどきお酒を飲ましてくれることはあったけど、それだけ。ああ、そう、口説かれたこともある。男はだれでもそうでしょ？」

「アームストロングは？」

「あの人？　彼はなかなか女性にはうるさいわ。でも本気で関心を持っていた相手はマージョリー・フェアね。彼女が辞めてから二、三週間ぐらい、アームストロングにはだれもが腫れものにさわるようにしていたわ」

ジョニーは帳簿を閉じた。「役員の個室を見たいんだが……」

「何のため？」

「何か見つかるものはないかと思ってね」

ヴァイオレットはこのときにはすっかり酔いが醒めており、消滅したマリオタ・レコードへの愛社精神と板ばさみになって、しばらく仏頂面をしていた。

ジョニーが先頭に立ってチャールズ・アームストロングの個室に入り、スティール・デスクの抽斗を見つけたが、どれも厳重にロックされていた。それを見るとヴァイオレットはほっとした表情を浮かべた。ファーナムの個室のドアはロックされており、ヴァイオレットの鍵では開かなかった。ロックされていないのはオーヴィル・シーブライトの社長室だけだったが、デスクには興味あるものも、有罪の証拠になるものも見つからなかった。じっさいに余計なものはほとんど何もなかった。ミスター・シーブライトは規律の正しい人間だった。

ドニガーの個室には妻と子供のいくつかの写真が飾られ、酒屋、歯科医、洋服屋からの個人的な勘定書が数枚、他のものは極めて少なかった。

メイン・オフィスの柱時計の針は午前一時十分を指している。ジョニーはもううんざりして見切りをつけていた。

「ホテルに戻ってベッドに入りたいよ」

「わたしだってすぐにも帰りたいわ」ヴァイオレットも同調した。

彼女は出入り口のドアに向かった。ジョニーとサムもそれに従った。しかしヴァイオレットがドアに達したとき、ジョニーは電話交換室前で立ち止まった。

「きみ個人の電話帳を見せてくれないか?」

「いやよ」

「どうして?」

「社員の住所や電話番号を他人に見せるのは規則に反するから」

「どこの規則?」

ヴァイオレットはためらった。やがてハンドバックから小さな鍵を取り出し抽斗を開けた。そこから黒いルーズリーフの手帳を取り出した。

「これよ。社員全員の住所と電話番号が書いてあるわ」

ジョニーはメモ用紙と鉛筆をつかむと手帳を開いた。ドニガーはスカースデイルに住み、ファーナムは西七十二丁目に暮らし、ドーカスはニューアーク、チャールズ・アームストロングはサットン・プレイスに自宅があった。

ジョニーはメモ用紙にかれらの住所をすべて写し取った。手帳を返そうとして、DからFまでの頁をめくったとき、マージョリー・フェアの名前を見つけた。彼女の住所は四十八丁目になっていたが、それは線で消されて四十五丁目ホテルと上書きされていた。

「きみはどうやってマージョリー・フェアが四十五丁目ホテルに住んでいることを知ったんだい?」

ジョニーは尋ねた。

「手帳にそう書いてあるの?」

「そうとも」

「それでいいじゃない。わたしはいつも手帳にきちんと書いておくのよ」

「そりゃ結構、でも彼女が四十五丁目ホテルに住んでいると、だれが教えてくれたんだい?」

「つい先週彼女がオーディションで会社にきたのよ。そのときに彼女が教えてくれたんだと思う。さもなけりゃ、手帳に書いていないでしょ?」

「彼女はオーディションのとき、ほんとうにここにきたのかい?」

「ええ、他にどこでやるの?」

「ニューアークの工場かと思った」

「ここの録音室よ」

「どこにある?」

「その右側。案内しなかったのは、そこには何もないから」

ジョニーは大股で歩いて行き、ヴァイオレットが示したドアを勢いよく開け室内のライトを点けた。六メートル×九メートルぐらいの広さの部屋で、三、四個のマイクロフォン、バンド用スタンド、レコード録音機がある。

サムとヴァイオレットもあとに続いて部屋に入って行った。

「ここには何もないわ」ヴァイオレットは繰り返し言った。

「何もない。でもなマージョリー・フェアを殺した人間の証拠がある」ジョニーはきびきびと言った。

「あんたどうかしているわよ！」ヴァイオレットは叫んだ。「彼女が録音したとき、わたしはここにいたんですもの。コン・カースンがレコーディングする直前だったわ」

「わかっている」ジョニーはうなずいた。「そのときほかにだれがここにいた？」

「だれもいなかったわ。関係者以外だれも」

「関係者って？」

「マージョリーやカースンのレコード吹きこみのよ」

「マージョリーはカースンのすぐ前に吹きこんだと言ったな」

「その通りよ。彼女は控室で審査の結果を待っていたの。コン・カースンが吹きこみを終えたあと、すぐに結果がわかったわ」

「彼女は待たされていたの？」

「いいえ、でも彼女は待っていると言ってきかないんですもの。そのときわたしは電話があったので、アームストロングに知らせに録音室に入ったの——」

「どんな電話だった？」

「ひとつはカースン宛よ。この部屋に電話してはいけないと思ったので、わたしが知らせにきたの。赤ランプが消えたのでわたしは中に入り、ミスター・カースンにお電話が入っていますと告げたの。すると彼は出て行った。ミスター・シーブライトにはそれがおもしろくない様子だった。でもどうするすべもなかったわ……」

「きみがミスター・カースンに電話を伝えに入ったとき、部屋にはだれがいた、ヴァイオレット？」

「かなりの人がいたわ」

ジョニーは歯ぎしりをした。「いまさっき、きみはここにはだれもいなかったと言ったね」

「関係者以外はいないと言ったのよ」

ジョニーは辛抱強く言って聞かせた。

「ちょっと眼を閉じてごらん、ヴァイオレット――きみがコン・カースンに電話を知らせに入ったときに見たこの部屋の情景を頭に描いてみるんだ。さあ……入ったとき、この部屋にだれがいた？」

ヴァイオレットは堅く眼を閉じ続けた。

「そうね、ミスター・カースン、オーケストラの人々、指揮者のジミー・ベイリー。そしてもちろん、ミスター・シーブライト、ミスター・アームストロング、ミスター・ドニガー。ミスター・ドニガーは録音機のそばにいたわ。憶えているのはそれくらいよ」

「それくらいでは不十分だ。よく考えてくれ――ファーナムはいなかったかい？」

「ええと、いなかった。そんなこと考えてもいなかった。彼は吹きこみにそれほど関係ないもの。会社の経理部長よ――ご存じでしょ」

「マージョリー・フェアはどう？」

「ああ、彼女は控室で待ってたわ。カースンが出て行ったあとで、ドーカスが呼び入れたの。それともミスター・アームストロングだったかしら？　いや、そうじゃないわ。アームストロングとマージョリーはもう口を利く間柄ではなかった……」

「マージョリーのことはしばらくおいておこう、ヴァイオレット。ここにコン・カースがいたときの話に戻そう。きみが入って行ったとき、みんなは部屋のどこにいたんだい？」

ヴァイオレットはいっそう眉をひそめた。

「そうね、コン――ミスター・カースンはそこのマイクロフォンのそば、オーケストラの人たちは全員が所定の位置、ミスター・アームストロングとミスター・シーブライトは、あれっ、どこだったかしら？　憶えていないわ。わたしはミスター・カースンを探していたんですもの。じっさいにはっきりと見ていたのは彼ひとりよ」

「もういちど訊くが」ジョニーはしつこく迫った。「ミスター・ドーカスはどこにいた？」

「もちろん、録音機のところ。わたしが入って行ったときに、赤ランプがちょうど消えたの。レコーディング中だったに違いないわ……そうよ、いま思い出した。ミスター・ドーカスは録音機のまわりを所在なさげに歩き回っていた……」

「そしてシーブライトは？」

ヴァイオレットは頭をふった。「憶えていない。わたしはミスター・カースンに伝言を持ってきたので、彼を探していたの。彼はわたしをスイートハートと呼び、そして――うっふん、肩を軽く叩いたの……」

「それはいったいどこで？」サムが乗り出してきた。

ヴァイオレットは彼をさげすむように見た。

「あんたが考えるようなところじゃないわよ」

ジョニーはしばし考えた。「カースンが去ったあと、アームストロングがマージョリー・フェアを呼びこんだと言ったね」

「いいえ、彼は出て行って、彼女に悪いニュースを知らせたの」

「アームストロングがマージョリーに会うために出て行ったとき、きみは電話交換室に戻ったんだね？」

「いいえ、わたし——わたしはまだそこにいたわ」

「電話交換室にはだれがいたの？」

「だれもいなかったわ。実はカースンと一緒にここに戻ってみると電話がかかっていたわ」

「きみはカースンのあとから部屋を出たの？」

「そうよ——彼が録音室を出ると同時に、わたしも部屋を出たの。そのときよ、彼がわたしの肩を軽く叩いたのは。上機嫌だったわ。おそらくこれからハリウッドに行けるからでしょうね。一緒にハリウッドに行きたくないかいと、わたしを誘ったの——」

「それで、きみは？」

「コン・カースンと？　まさか！」彼女はため息をついた。「でも『はい』と答えると、彼はそのまま行ってしまったわ」

「きみは『はい』と言ったのに、どうして一緒に行かなかったの？」サムは質問した。

「ちょっとわたしをかついでみただけなのよ」彼女は身震いをした。「でもそれを本気にしてたら、わたしもいまごろ死んでいた。じっさいにもう死にそうよ。すっかり疲れ果てたわ。家に帰りたい……」

ジョニーは録音室のライトを消した。外側のドアで、彼はもういちど内部をふり返り、それから首をふった。ヴァイオレットとサムがあとに続き通路に出た。

かれらはエレヴェータを呼び、ロビーまで降りたあと、ふたたび記録名簿に署名させられた。運よくさきほどジョニーの書いた偽名と同じページだったので、彼はまた真似て記した。夜警はかれらの署名のあとに、午前一時四十五分退出と書きこんだ。

第二十一章

ジョニーはベッドに入ったのが午前二時すぎだったのにもかかわらず、朝八時には起きて着替えをすませていた。よく寝れなかった。殺人者、警察官、銀行の窓口係などが、夢の中を歩き回っていたからだ。

バスルームから出ると、しあわせそうにいびきをかいて寝ているサムを見つめた。心配事や都合の悪いことはジョニーに任せっ切りにしている。そしてジョニーは決してサムの期待に背かなかった。とはいえジョニーには今日一日をどうやりくりするか、何の考えも浮かんでいなかった。昨日はあまりに背伸びをしすぎた。たかがひとりや——ふたりで——ちょこちょこと走り回り、品物を買ったり、それを質入れしたり、銀行に貯金したり、すぐ小切手で引き出したりして、支払い能力が充分あるように見せかけるのは、肉体的にもかなり無理があった。

八つの銀行に千百ドルの預金があれば救われるのだが。しかしジョニーは千百ドルに七百ドル足りなかった。

まず明日になれば、五十四人の商人が彼を追っかけ回すだろう。かれらは受け取った小切手が預金不足で不渡りになってしまうからだ。四、五社の債権回収会社に通告するだろう。そうすればそれらの会社は警察を責め立てる。警察は大がかりな小切手発行者をすぐさま詐欺で逮捕するだろう。

ジョニーは委細かまわず受話器を取り上げた。

「ルーム・サーヴィスを頼む。ルーム・サーヴィス係か、ジョニー・フレッチャー、八二一号室だ。オレンジ・ジュース、ハム・エッグ、オートミール、フランネル・ケーキにソーセージの添えものをつけてくれ。それに自家製のポテト・フライとコーヒーをポットで頼む」

サム・クラッグはベッドに起き上がった。

「二人前な！」

「すべて二人前にしてくれ」

ジョニーは受話器に向かって大声で叫んでから電話を切った。

サムは大きなあくびをした。

「何時だ？」

「午前八時」

「そんなに早くから何をするんだ？」

「今日は大変な一日になるぞ、サム。忘れたのか？」

サムは顔をしかめた。「ああ、そうか！」

彼は床に飛び降りた。

「なぜ車を買って、カナダに高飛びしないんだ？　それが一番楽な方法じゃないか？」

「まあね――カナダが詐欺師を引き渡さなかったらな」

「そんな連中を引き渡さない国なんてないんじゃないか？」

「中央アメリカに一カ国ある。どこかは忘れた。それがグアテマラだったか、ホンデュラスだったか。

しかしこういう国はまず喰べものがうまくない。やつらは胡椒を使いすぎるんだ」

「自分で料理したらどうだい」

「やったよ。ミネソタで冬の四週間、雪で丸太小屋に閉じめられたことがあった。忘れたか？　おまえは干しリンゴのパイを作ったじゃないか」

「あのリンゴには参った」

「パンの耳だってそうだ——あんな料理は飢えた《ハンガーな》ハンガリー人だって喰わないよ。なあ、サム、こうなったら覚悟を決めなくてはならん。今日の七百ドルか、明日の途方もない金額かだ」

「どうしてたったの七百ドルになってしまったんだい？　夕べは千百ドルだったんじゃないのか？」

「四百ドルくらいの現金はあるんだ」

サムはベッドから起き上がると椅子に向かった。そこには昨夜、帰宅途中に買った新聞が置いてある。

「四百ドル、か？　それなら安心しろ、ジョニー」

サムは新聞を開いて読み耽った。

「エル・ロボが今日サンタ・アニタ競馬場で走るぞ。いつものように予想屋は徹底的に買っている。千二百メートルの距離で、八対一でリストアップされている。ええと、対抗馬はどれだっけ……？　ファイティング・フランクが三対一、サー・ビムが十対一、ミス・ドリーンが四対一、ハイ・レゾルヴが五対一……」

「どれも駄馬ばかりだな」ジョニーは皮肉たっぷりに言った。

「……エル・ロボは三馬身で勝つ。あの四百ドルが三千二百ドルになるぞ、ジョニー」

「おれもそう思うよ。ところで——一年前かそこいらに、本命だった馬は何だっけ——おれたちの手持ちの現金をそっくり持ち逃げしたやつ……？」

「憶えていないな」

「二対一の本命で決勝まで行ったのに、ゴールしてみればなんと八頭中の八位だった」

「ゲイ・ダルトンか？　あの馬は死んだ、数カ月前だ」

「悲しみのあまりか？」

サムはあきらめて新聞を投げ出した。

「わかった、わかったよ。おれは何とか助けようとしただけだ」

「ありがとよ、サミー。さて、どこかでうまいサイコロ賭博をやっているのを知っているなら乗ってもいいな。さもなきゃ、やくざなディーラー仲間の定め賭けポーカー博奕でもいいぜ……」

だれかがドアをノックし、その声が聞こえた。

「ルーム・サーヴィスです」

サムがドアを開け、ウエイターがカートを押して入ってくる。カート上の巨大なトレイには注文した朝食が山盛りだった。ところがウエイターのすぐうしろからルーク警部補とコワル巡査部長が付いてきた。

「頼むよ、警部補」ジョニーは叫んだ。「おれたちの朝食のじゃまをしないでくれ？」

「おまえたちのことを考えると、おれだって食事も喉を通らないんだぞ」ルークの売り言葉に買い言葉だった。

彼は部屋に入ると、ウエイターが食事の支度をしているあいだわきに佇んでいた。トレイから立ち上るおいしそうな匂いを吸いこんで、コワルはウサギのように鼻をピクピクさせている。

ウエイターが部屋を出て行くと、ルークは背後のドアを閉めた。

「さあ、遠慮なく喰べてくれ」警部補は言った。

ジョニーは鋭い目つきで彼をじっと見た。

「今日はご機嫌斜めですか？」

「いや、これまでこんなに気分のよかったことはないね」

「ほう、何かあったんですね。えらく有頂天で」

「ああ、今朝はこれから犯人を逮捕するところなんだ」彼は窓の方に顎をしゃくった。「あそこで小娘を殺した男をな」

ジョニーはベッドに座ると、オレンジ・ジュースのグラスを取り上げた。

「だれです、そいつは？」

「そいつの名か、エスベンシェイドだ」

ジョニーはオレンジ・ジュースにむせた。

「マージョリー・フェアが殺されたとき、エスベンシェイドはアイオワにいたんでしょうに」

「だれがそう言った？」

「ええと、彼じゃなかったかな？」

「彼は先週金曜日にバービゾン―ウォルドフ・ホテルに投宿していた」

ジョニーはフォークいっぱいのハムを口に突っこんだ。

「金曜に投宿はできないでしょうに。アイオワに戻ったのでは？」

「火曜の朝はホテルにいたんだ。マージョリー・フェアが殺された日だ」

ジョニーは電話を指さして言った。

「スーザン・フェアの部屋に電話して、ひとつだけ質問してみなさい……彼女がどうやってダグラス・エスベンシェイドと接触したか、あのとき彼女は姉の死について彼と電話していたんじゃないんですか……？」

「ああ、昨日彼女に尋ねてみた。彼女はアイオワの彼へ長距離電話をかけ、そのあとにチャーターした飛行機でニューヨークにきたというんだが、しかし彼女はエスベンシェイドと長距離電話で話したこともなかったし、彼がチャーター機でここにきたのでもなかった。すでにここに居たんだ」

「わかった」ジョニーは答えた。「それではスーザン・フェアが嘘をついたんだ。ところで、ダグ・エスベンシェイドが愛していた女性を殺した理由は何です？」

「彼女に見捨てられたからじゃないか？　そんなことで毎週、毎日、男は女を殺している。彼女が裏切ったせいじゃないか？　毎月のように不貞を働き、四十七人もの女が男に殺されているんだ」

サム・クラッグは口いっぱいに頬張った食べものを飲みこんだ。

「それでは、彼女は部屋代を三週間もためこんでいるくせに、百万長者の彼氏をふったのか？」

「金がすべてじゃない」ルークは気難しげに言った。

「それはおれも学校で教わった」ジョニーは言い返した。「しかし昨日、新聞で読んだ記事では、ジャージー・シティで学校の先生が万引きで捕まった」

「そうかい、おれは心配のあまり胃潰瘍になった千万長者を知っている」

「千万ドル持っていなかったら、その二倍は心配し、二倍重い潰瘍になるだろうよ。話をダグ・エスペンシェイドに戻すと、今朝彼を逮捕するのに、どうして朝っぱらからおれのところにきたんだい?」

「いささか気が向かないからだ」ルークははっきりと言った。「しかし今日中に逮捕しなければならない。署長には手を焼いているんだ。今日捕まえないと動きが取れなくなる。さもないとスタテン・アイランド（ニューヨーク湾の小島）のパトロールに行かされる——実はおれ、マウント・ヴァーノン郊外に小さな土地を買ったばかりなんだ」彼は苦々しげに付け加えた。「マウント・ヴァーノンからスタテン・アイランドまで一日往復するのに、どのくらい時間がかかるか知っているか?」

「ここにきておれの助けを求めるのと同じくらい時間がかかるだろうな」

「だれがおまえに助けを求めた?」

「それじゃ、ここにきたわけは?」

ルークはしかめ面をした。「夕べ十一時ごろ、ジェファースン・トッドが本署にやってきた」彼は思わせぶりなそぶりを見せた。「そう、やつは思い上がったハッタリ屋だ。しかし三年に一度ぐらいはうまいこと事件を解決している。彼が言うには、おまえは昨日ひどい目に遭ったそうじゃないか」ルークはジョニーの顔を見て鼻を鳴らした。「彼もまんざら嘘ばかりついてるわけじゃないんだな」

「おれが何をしたのか話したのか?」

「彼はハーレム署に行ったが相手にされなかった——それでダウンタウンにやってきた。彼がハーレム署員ホルズネイグルに関心を持っていることを、おれは訊き出した。この警官は午後七時ごろ、百三十五丁目とレノックスの交差点で、ある男を逮捕した……」

「ジョージというやつだ」

「ジョージ・スターバックだとホルズネイグルは言っている」

「知り合いだったのか?」

「ジョージは前科者だ、腕っ節がめっぽう強い」

「相棒がいたはずだ。名前は……背丈は百八十五センチくらい、年齢は三十五、六歳だ」

「シャーマン・ホークだ」とルーク。

「そうだ。ジョージとシャーマン・ホークを捕まえ、おれを殴るために連中を雇った男を吐かせるんだ。一切を自白したらダグ・エスペンシェイドは忘れろ。やつらが吐いた男を捕まえるんだな。そいつが殺人犯だよ」

「たったひとつ面倒なのは、そのジョージとシャーマンを見つけることだ」ルークは唸った。「夕べ十一時三十分にやつらに電話してみた。しかし返事はなかった。地下に潜ってしまったんだ。でもな、フレッチャー、ジョージとホークはどうしておまえを殴りたかったんだ?」

「おれがやつらの欲しいものを持っていると思ったからだ」

「何だ?」

「レコードさ」

「どんなレコードだ?」

「故コン・カースンが吠えてるレコード原盤さ」

「マリオタ・レコード会社が作ったのか?」

ジョニーはうなずいた。「そのおかげで、あの会社は昨日倒産した」

「たった一枚のレコードで、どうして会社が倒産するんだ?」

「この会社にとって——あのレコードは十五万ドルぐらいの値打ちがあるんだ。コン・カースンは数日前に飛行機事故で亡くなった。これは彼の録音した最後のレコードなんだ。百万枚は売れるだろうな……もしだれかがこのレコードを製造すれば……」

「そのレコードを、ジョージやシャーマンは、どうしておまえが持っていると考えたんだ？」

「おれは知らない。かれらから何も聞いていない。しかしそのレコードを寄こせと、おれに迫ったのは確かだ」

「渡したのか？」

ジョニーは笑った。「どうして？　おれは持ってもいなかったのに？」

「おまえが持っていると、やつらが踏んだのはどうしてだ？」

「その質問はもう聞いたよ」

「もういちど訊いているんだ」

ジョニーは眉をひそめた。「こちらのヘマかもな。おれは一昨晩、マリオタ・レコード会社の役員会に押しかけたんだ。コン・カースンのレコード原盤が、どのくらいするのかを訊くためにな……」

「それで？」

「かれらは五千ドル出すと言った」

「しかしおまえはレコード原盤を持っていなかったので、売るわけにはいかなかった」

「その通りだ」

「役員会にはだれがいたんだ？」

「オーヴィル・シーブライト社長、アームストロング副社長、それにファーナム、ドーカス、ドニガーという重役たちだ」

ルーク警部補は床の絨毯のほつれを見つめていた。それからいきなりジョニー・フレッチャーに眼を注いだ。彼がふともらす言葉から何かをつかみ取れればよいがとでもいうように。

「やつらのうちでマージョリー・フェアを殺したのはだれなんだ？」

「あんたはダグ・エスベンシェイドが彼女を殺したと考えているんだな」

「そうだ。しかしおまえが考えている犯人はだれか知りたいんだ」

「おれがどう考えようと、それは勝手だ」

「おまえは他人のことに必要以上に首を突っこんでいる。あちこちを嗅ぎ回り、ほじくり返していることで、犯人をかなり脅やかした。そのせいでぶちのめされたんだ。おまえは思いもよらなかったあることを——殺人者の立場からすれば——見つけたという意味だ。それが何なのかを知りたいんだ」

「ひとつ秘密情報を教えてやろう、警部補。マリオタ・レコード会社の電話交換手に脅迫状がきたんだ——彼女に口をきかせまいと……」

「むだ口をだ」サムが訂正した。

「そう、むだ口をだ。でも、あの娘《こ》は殺人者の恐れる何かを知っている……それが何かを彼女自身は知らないのがトラブルの源だ。それはおれもだ、警部補。おれは何かを知っている——確かに。ただそれが何であるかを自分ではわからないんだ」

ルークは唸った。「ともかく知っていることを洗いざらい話すんだな、ジョニー。おれがすべてをふるいにかけてやる。そうすれば残ったもので証拠が見つかるはずだ」

ジョニーは深く息を吸いこんだ。

「マリオタ・レコード会社はクルーナー歌手コン・カースンと契約を結んだ。その手段や理由はどうでもいい。コンチネンタル・レコード社からカースンを引き抜く取引を具体的に実行したということが重要なんだ。カースンは一枚だけレコードを吹きこんだ――出来のよいものではないが――それからハリウッドに呼ばれた。彼は飛行機に乗り、二十名あまりの乗客とともにネヴァダで墜落死した。そこでコン・カースンがマリオタ社で吹きこんだレコードは最後の作品となった。このレコードはマリオタ社にとって十五万ドルの価値がある……消えてしまわなかったらの話だがね……」

「そのレコードが盗まれなければ、マリオタの破産は免れたと思うか……？」

「もちろん避けられただろう……ただそのレコードは盗まれたわけじゃない――」

「そう言ったじゃないか――」

「消えたと言ったんだ。マリオタ関係者は盗まれたと考えているが、それはかれらのひとりを除いての話だ。そいつはレコードの行方をあれこれ考えていた……」

ルーク警部補は思わず声を荒げた。

「それでおまえは何をする気なんだ――おれを崖っぷちに立たせたままで？　そのレコードはいったいどこに行ったんだ？」

「マージョリー・フェアが持っていた。彼女はコン・カースンと同じ日に吹きこみをする予定だった。会社はオーケストラを用意しておいて、彼女の仕事を早く済ませ、二度手間をかけないようにした。そこで、カースンの到着を待つあいだに、ざっと彼女に気の抜けた吹きこみをさせた。カースンがやってくると、マージョリーはすぐ追い出された。しかし彼女は控室で審査の結果を待っていた。カースンが帰ったあとで、マリオタ社の重役たちはマージョリーのレコードを採用しないことに決めた。そこで彼女は自分の吹きこんだレコードの原盤をくれるように頼んだ。だれかがそれを彼女に手渡したか、あるいは送ってしまった……少なくとも会社ではそう考えた。ところがとんだミスが起こった。マージョリーが受け取ったのは、自分のレコード原盤ではなく、コン・カースンのレコード原盤だった。そのために彼女は殺されてしまった……」

「いくぶんわかってきたよ、フレッチャー」ルークは納得したようだ。「あのカースン原盤は会社にとって生死に関わるものだったわけだ。しかし、そのレコードを彼女に渡してしまった間違いが——なぜ殺人の動機になるんだ……?」

「だからこそ、おれはいまもこうして動いているんだ」

「動いているとは、どういう意味だ?」

「考えているということだ。なぜ、その間違いのせいでマージョリー・フェアが殺されたのか?」

ルークは腹立たしげに叫んだ。

「意味を成さないな。彼女にレコードを送ったとすれば、それはだれなのか——会社の事務員か? こんなことはだれでも犯す些細な誤りだ——そんなことで人は殺さない」

いきなりルークはジョニーを人差し指で突っついた。

「そうか——会社は彼女の吹きこんだレコードを没にした。彼女は腹を立てて自分のレコードを渡すように会社に要求した。するとだれかが誤りを犯し、カースンのレコード原盤を彼女に送ってしまった……」

ルーク警部補の眼は驚きのあまり大きく見開いた。

「それだ!　そいつだ!　彼女はそのレコードを見て、それが会社にとってどれほど重要なのかがわかったんだ……そこで彼女は会社に電話した。『レコード原盤を返すから代金を払って』とかなんとか言ったんだ。『お金を払わなければ、このレコードはもう絶対に拝めないわよ』とか何とか……会社には死活問題だった。そこで……彼女は殺され、殺人者はレコードを奪った」

「立派な仮説だ」ジョニーは褒めた。「それはおれも最初に考えた。だがね、ただひとつ問題がある、難点があるんだ」

「何だ?」

「彼女を殺したのがだれであろうが、そのレコードはマリオタ社に戻らなかった。会社は救われなかった」

ルークは顔を伏せた。それから小首をかしげた。

「そいつはレコードを担保にして買い戻しを要求しようとしているんだ――会社が必ず金を出すことを承知の上でだ……いくらかかろうが……」

「だれがだ、管財人か?」ジョニーは鼻息が荒かった。「管財人が買い戻し金を支払って会社を再建させせると思うかね? それは管財人を甘く見くびりすぎている。管財人は会社を清算するのが役目だ……そしてお手盛りで多額の報酬や役得を手にする」

「まったくその通りだ! おれの管区に伯父が判事をやっている政治ゴロがいる。その判事はやつを家具会社の管財人に任命した……その管財人は会社の清算を終えると、一生喰うに困らないだけの金を手に入れた。債権者は一ドルにつき四セントしかもらえなかったらしい」

ルークの眼がいきなり険しくなった。

「なあ、エスベンシェイドはマリオタ社の最大債権者ではなかったのか? 会社を破産に陥れたのは彼の誤算だった。会社が営業を続けている限り投資金の全額か、それに近い金額を取り戻せるが、会社を閉鎖してしまえば、大金を失うことになる……」

「その反面、彼は会社に乗りこむ取引もできたはずだ」

「なぜ、そうしなかったか？　会社側から見れば財産を管理されたり、すべてを失うよりましだったはずだ」

「だんだんとわかってきたな」

「どういう意味だ――わかってきたとは？」

「マージョリー・フェアはエスペンシェイドの婚約者だった――彼はマージョリーをオーディションに割りこませた……ところが会社は彼女を採用しなかった。それで彼は怒りのあまり会社を管財人に引き渡した」

ルークはしばらく頭をめぐらせてみたが、しかしどうもその考えには乗れなかった。

「彼がそれほど娘のことを思っていたとすれば……」

「そうさ」とジョニー。「彼がそれほど娘のことを考えていれば、彼女を殺すはずがないだろう？」

ルークは自分の右拳を左掌に叩きつけた。

「どうしてそんなことをわざわざおれに話すんだ？　余計にやつを捕まえ難くなるじゃないか」

「もし彼を捕まえたら、あんたはスタテン・アイランド行きの片道切符を買ったようなもんだ」

「おれの行くところはそこかもしれないな」

ルークは苦々しげに言った。彼は頭をぐいっとコワル巡査部長に向けた。

「行くぞ……！」

コワルはドアに向かった。するとルークはジョニーをふり返って言った。

「なあ、フレッチャー、おまえはマージョリー・フェアを殺した犯人を知っているのか、それとも知らないのか？」

「もし知っていたら、今朝、千ドル頂けるところだった……だれもが欲しがる大型冷蔵庫より千ドルが欲しいね」

ルークは唇を突き出し不機嫌な面をして、部屋を去った。

ドアが閉じると、ジョニーはサムを向いてほっと息を吐き出した。

「二、三度、危なくやつの手に乗るところだった」

「どういう意味だ、ジョニー？」

「袋だたきにされた件に触れたときだ。おれが例のレコードを持っていたと、だれかが思いこんだ理由をやつに訊かれるのを、おれは恐れたんだ」ジョニーは首をふった。「そいつはあからさまな疑問だからな」

「何がそれほどあからさまなのか、おれには合点がいかねえ」

「ルークの身になって考えてみろよ、サム。おまえもおれもマリオタ・レコード会社では働いたことはない。マージョリー・フェアが殺されるまで、あの会社とはまったく縁がなかった……それなのに、おれがレコードを持っているなんて考えつくやつがいるか？」

「もういちど言ってくれ、ジョニー！」

「そいつはおれがレコードを持っているのを知っていたことは確かだ。マージョリーがレコードをこちらに投げたとき、その部屋にいたやつが気づいたと考えるしかない。そいつがマージョリー・フェア《*》を殺したんだ」

　サムは眼を一、二回しばたたいた。それから叫んだ。

「そう、そうだ、ジョニー。そいつは彼女がレコードをこちらに投げてしまったので殺したんだ」

「まあな、でもそれだけではない。自分の正体を――あるいは意図を、彼女に知られてしまったんで殺さざるを得なかったのだろう。ふたりはもみ合いになり、彼女はなんとかしてレコードをこちらに投げた。そこでそいつは覚悟を決めたんだ」

　サムはうなずいた。しかし彼の眼は曇っていた。

「そうだ、ジョニー、ただおれには気になることが……」

「何だ?」

「ジョージともうひとりの男――シャーマンだ。やつらはおまえからレコードを巻き上げるために動いていた。おまえにおれ宛の電話をかけさせたのも同じことだ。そのときには――レコードはもう失くなっていたよ」

　ジョニーは弱々しく笑った。「それで夕べから、おれはすっかりいかれてしまったんだ。殺人者はレコードを手に入れるためにあのごろつきどもを雇った。しかし他の何者かに奪われてしまった……のか、それとも殺人者自身が盗んだのか?」

「というと、その目当てはどういうことだ?」

「裏をかくためさ。おれや警察の捜索を巻くためだ」

　ジョニーは朝食のトレイから冷えたトーストを取り上げかじった。

「気がかりなことがもうひとつあるんだ」

「おれにはどれもこれも気がかりだ」サムは断言した。

「昨夜、オーヴィル・シーブライトとスーザン・フェアが一緒にクラブ・メイグにいたことだ」

彼はまるで肚を決めたかのようにいきなりうなずくとドアに向かった。

「ここで待っててくれ、サム」

「どこに行くんだ?」

「上の部屋だ。あの可愛いスージーに個人的に訊きたいことがあるんだ」

彼は部屋を出て階段を上り、スーザン・フェアの部屋をノックした。

中から彼女の声がした。「どなた?」

「ジョニー・フレッチャーです。ちょっとお話ししたいことがあります」

スーザンの声はまったく冷静だった。

「すみませんが、いまはお逢いしたくありません」

「重要なことです」

「一時間後ぐらいにロビーではだめですか?」

「いまお逢いになった方が身のためですよ」ジョニーは意味ありげに言った。

第二十二章

しばらく間があった。それからスーザンはドアを開ける。すっかり正装し、帽子をかぶり、外出の支度をしていた。彼女はドアを細目に開けて、部屋へ入らせまいとした。

「それで、それほど重要なこととは何ですの?」彼女は問い質してきた。

「あなたの指紋のことです」ジョニーは穏やかに言った。「ぼくの部屋に残っていますよ」

彼女の眼はショックで大きく開いた。しばらくジョニーを見つめていたが、やがてドアを開ける。

ジョニーが部屋に入ると、彼女はドアを閉めた。

「昨日、ぼくの部屋からレコードを持って行きましたね」ジョニーは責めたてた。

「何のレコードですか?」

ジョニーは微笑した。「しらばくれても、もう手遅れじゃありませんか?」

「何のことかわたしにはわかりませんわ」

「それでは、なぜぼくの部屋に入ったんですか?」

「わかりました」彼女は平然と答えた。「昨日あなたの部屋に入りました。わたしには正当な権利があります。あなたが姉の事件をほじくり出した方法を真似たんです……」

「そのときなぜ手袋をされてなかったんですか?」

「あなたがわたしの指紋を見つけるとは思いもよらなかったからです」

「ぼくは見つけてませんよ」

「それでは、なぜ……？」

「どうしてあなたは昨夜、オーヴィル・シーブライトと同席されていたんですか？」ジョニーは唐突に切り出した。

「あなたのご用件とは関係ないでしょう」

「そうかもしれません。しかしぼくはずっとその疑問を持ち続けており、それが突然わかったんです。あなたが昨夜、彼と一緒だったのは、ふたりのあいだで、ある取引の打ち合わせをしていたからですね」

ゆっくりと紅潮がスーザンの顔に広がって行った。

「何を話されているのかわかりませんが、ミスター・フレッチャー。その口調も話の持って行き方も気になりますわ」

「ぼくがあまりにも近づきすぎたからですか？」

「何に近づきすぎたのですか？」スーザンは嘲けるように叫んだ。

「真相にです」

「あなたは真相をお望みなの？」スーザンは声を張り上げた。「それなら申し上げます。あなたが姉を殺したんでしょ。それを証明できますよ」

「そう考えられることは予測していました。それはレコードのためですね」

「あなたが姉を殺していなければ、レコードは持っていなかったはずです。持てるはずもありません」

「それでは、そう信じているのなら、どうして警察に行って打ち明けられなかったんですか……それとあなたの言う証拠とやらを？」

「それはあなたがただ単にレコードを見つけただけだと警察には言うでしょうから」

「その通りです。ぼくならそう説明したでしょう、警察にも、そして陪審にもね。自分のアリバイのことも——ルーク警部補はあなたの姉さんの死の三十分後、ぼくのアリバイを実証してくれた」

「そのアリバイのことはわたしも聞いたわ」スーザンは険しい声で言った。「でも、あなたのお友だちで腕力の強い方のアリバイは聞いていません……」

「それでぼくの部屋を探したんですね」

「そうですとも！　自分で納得するためでした」

「あなたがぼくの部屋を荒らしまくっているとき、真犯人に雇われたふたり組が、ぼくをこんな目に遭わせていたんです」彼は自分の怪我した顔を指さした。

「レコードを隠したところを白状させるためにね」

彼はひと息入れた。スーザンの表情からは、彼の話している言葉を一言も信じていないのが読み取れる。それでも彼は話を続けた。

「そのレコードはマージョリーの手で、ぼくの部屋に投げこまれました。彼女の部屋の窓を抜け、換気筒を越えて、ぼくの部屋に……すぐあとで自分を殺すことになった男の手に渡さないためにです」

「それをわたしが信じるとでも思っているの」

「あなたが信じようが、信じまいが、それが真相です。ぼくはあなたの姉さんとは口を利いたこともありません。殺す理由がありません。彼女に首ったけだったわけでもないし、嫉妬していたこともありません。彼女は金を持っていなかったので、金のために殺す事情もありません。彼女のことは何ひとつ知りませんでした」

「話の便宜上、あなたが姉を殺さなかったとしましょう。そして姉はレコードをあなたの窓に投げこんだとしましょう。では、なぜ――なぜあなたはレコードをそのままにしておいたの。どうして警察に渡さなかったの？」

「それはぼくの間違いでした。あなたの姉さんは死んだ。そのレコードが重要な鍵だったのは明らかでした。だれかにとってはかなり貴重であり、殺人を犯すほど注目すべき品物でした。そしてぼくは――そう、昨日あなたにも言ったように悪党じみています。これまで才覚を働かせて世渡りをしてきました……それでこれが金になるとにらみました――」

「そのレコードを殺人者に売ることで？」

「いや、売ることではありません――違います。オーヴィル・シーブライトは五千ドル出そうと持ちかけてきました。ですが、彼にレコードを売りませんでしたよ」

「もっと高く売りたかったの？」

「いや、たとえ五千ドルの十倍出すと言われても、売るつもりはありませんでした。しかし殺人を犯したやつを見つけるためには、どうしても金がかかります」

「あなたは探偵でもないのにね」

「そこがあなたの誤解しているところだ。ぼくは探偵だ――そう、素人探偵なんだ。しかも腕のよい探偵だ。かつてこのホテルの、いまぼくの泊まっている部屋で殺された男がいた。警察がドジったあとで、ぼくが犯人を捕まえた……それはあなたでも確かめられる。エディ・ミラーに訊いてみるといい。あるいはマネジャーのピーボディにね」

迷いがスーザンの眼に宿りはじめた。

「ダグは昨日あなたにいくらかお金を払ったわね。自分のために働いてもらうために――それと捜査のために。でも、夜遅くにはあなたを解雇したわ」

「それはぼくを嫌っているある私立探偵が悪口を吹きこんだためだ。それに……あなたもダグのことでぼくに嘘をついたからだ。あなたは姉さんのことでアイオワにいるダグに電話したと、ぼくには言った。ところが彼はこのニューヨークに居た、ずっとね……どうしてぼくにそう言ったのか――警察や――他にも?」

スーザンは眉をひそめて言った。

「それはダグに頼まれたからよ。彼――彼はアイオワのわたしに電話をくれた。それでわたしはニューヨークに出てきたのよ。彼は姉に逢おうとしたが、話し合うことも断られた。彼にはもう二度と逢いたくないと言ったそうよ。そこで彼――彼はわたしに電話してきた。わたし――わたしがここにきて見つけたのは……」

彼女の言葉はここで途切れた。

「姉さんは運が悪かったんだ」ジョニーは落ち着いて言った。「歌手に失敗したことをエスベンシェイドに打ち明けたくなかったんだ、よくある話さ。すべてがうまくいかなかったとき、人は自分の穴に逃げこむものだ。ときにはその穴を埋めてしまうこともある。ぼくにはそれがわかる。しかしエスベンシェイドは自分がニューヨークにいるのに、なぜアイオワだと嘘をついたのか……」

「彼はわたしに説明したわ。それはマリオタ・レコード会社のせいよ。彼は債権者だった――じっさいに大株主でもあった。この会社はどこかおかしいと思い、それを調べるためにここにきたの……密かにね。会社の役員にはここにきたことを知られたくなかったんだわ」

「それでは昨夜、あなたがシーブライトと出かけるように仕向けたのは、彼ですか？」

スーザンはしばらくじっとジョニーを見つめていた。それから椅子に向かい腰かけた。

「ダグ・エスベンシェイドとはアイオワで知り合ったの、姉のフィアンセとして。ビジネスマンとしての彼は知らなかったし、ましてや姉に振られた恋人だったなんてね。いまごろになってダグ・エスベンシェイドのことを学んだばかり。彼はクールで、執念深く冷酷なの。まずエスベンシェイドは姉をニューヨークに行かせた。そこで姉は歌で身を立てようとした。同時にダグはレコード会社に多額の資金を投資して姉を助けようとした。彼はそれを秘密裡にやっていたが、姉は姉で自分の実力で成功しようと思っていた。ところがそれから何かが起こった。さまざまな配慮にもかかわらず、姉は失敗した――マリオタ社の重役に追い払われてしまったのよ――」

「アームストロングという男のためにね。彼はマージョリーに惚れこみ、かなり執念深かった。彼女に見捨てられると、彼はマリオタ社での彼女のチャンスをおじゃんにしてしまった……」

「マージョリーに対するエスベンシェイドの態度が変化したのもアームストロングのせいだわ。先週、エスベンシェイドがここにきたとき、アームストロングとマージョリーのことを訊いたのよ。彼はそれを悪く取った。結果として、彼はマリオタ・レコード会社を潰してしまった――そしてチャールズ・アームストロングもね。だからいまもって彼はマージョリーの思い出を嫌悪していて、姉の人生をすばらしいものにするのにも、これっぽっちも力を貸してくれないの……」スーザンはひと息入れた。「それが昨夜、オーヴィル・シーブライトと取引をした理由よ」

「あなたはコン・カースンのレコード原盤を彼に渡した。そうすれば彼は取引銀行に行き、エスベンシェイドに支払う金と、マリオタ・レコード会社の破産を救う金を得られると……？」

スーザンはうなずいた。

「そしてその見返りに、シーブライトは姉さんに名誉を——死後の名誉を与えてくれるのですか？」

ふたたびスーザンはうなずいた。

「姉の歌声はすばらしいものでした。レコードは最高の出来栄えです……いずれコン・カースン最後のレコードのB面になる予定です。カースンのレコードを聴かれる方々が、みんなマージョリーの歌声も聴いてくれるのです。わたしには——それがマージョリーのためにできるせめてものつぐないです。姉ならわかってくれる……と、ともかくそう信じています……」

「そうでしょう」ジョニーは穏やかに言った。「それなら姉さんも納得してくれるでしょうね」彼はためらった。「スーザン、ぼくは姉さんを殺した犯人がわかりました……」

彼女はきっとして彼に見入った。

「ダグ……？」

彼は強く息を吐くと首をふった。

「わたしに話さないで」スーザンは急いで付け加えた。「あまり多くの人たちを憎みすぎたわ」

「今夜の夕刊で読まれることになるでしょう」

そう言うとジョニーはスーザンの部屋を辞した。

彼は八二一号室に戻り、サムがすっかり服装を整えたのを目の当たりにした。

「それでよかろう」ジョニーは認めた。「さて、この事件をかたづけよう」

サムは叫んだ。「ほんとうかい……だれが犯人かわかったのか?」

「夕べからわかっているさ。ただ証明できなかった」ジョニーは顔をしかめた。「まだできないけれど……」

「それでは、どうやってそいつに目星をつけるんだい?」

「殺人をそいつに認めさせせようとしているところだ」

かれらはホテルを出ると、タイムズ・スクエアまで歩いて行った。タイムズ・ビルディングの前で四十歳ぐらいの大柄な男が、タイムズ紙の求人欄を読みふけりながら佇んでいた。彼は丸い縁のフェルト製の中折れ帽をかぶり、プレスの効いたダーク・ブルーのスーツを着ており、中産階級の市民のようだ。

ジョニーは彼に歩み寄り話しかけた。

「二十五ドルばかり即金でご用立てしましょうか、ミスター?」

男は開いた新聞を通して、じっとジョニーを吟味した。

「逃走用の車の運転かね?」

ジョニーは笑った。

「ひと芝居打つのさ」

「わたしには無理だね」その男は弁解した。「人様の前に立っているだけで全身に鳥肌が立つんだ」

「これは座っていてできることだ――観客はごく少数。立派な連中だけの内々の話だし、わずか一時間で済む」

「ミスター」と男は答えた。「よろしい、役者に雇われましょう」

ジョニーはタクシーに合図し、三人して乗りこんだ。運転手に行く先を告げると、それから役者として雇った男に、これから話すべきせりふを教えこんだ。

第二十三章

かれら三人はケイミン・ビルディングの前でタクシーを降りると、マリオタ・レコード会社のオフィスにエレヴェータで上った。会社のドアには鍵がかかっていなかった。電話交換台のうしろにはヴァイオレットが座っているのが見える。

彼女はジョニーとサムの姿を見ると震え出した。

「あんたたちふたりはわたしにとって悪夢だわ」彼女は怖そうなふりをした。

「ヴァイオレットは悪夢にうなされたり、二日酔いになったりしても可愛い娘だよ、おれにとっては」ジョニーはお世辞を言った。

「よく言うわね！」

ジョニーはにやりとした。

「何かいいニュースはあるかい？　マリオタ社が営業再開とか」

「こんな朝っぱらから、サー・オーヴィルのご機嫌がよいのはなぜかしら？　わたしにおはようって声をかけてきたわ——そして笑顔を見せるのよ」

「そりゃいい。いま——彼に会えるかい？」

「会ってみても殺されることはないけど」ヴァイオレットは顔をしかめた。「あら、わたし殺されるって言わなかった？」

彼女はプラグを通話孔に差しこむと、送話口に向かってしゃべった。

「ミスター・シーブライト、ミスター・フレッチャーがお目にかかりたいそうです……」

彼女は顔をゆがませ電話を切った。

「あなたと話すようなことはありません、と伝えてくれですって」

「もういちど彼に伝えてくれ——聞いて頂きたい極めて重要な話があります——マージョリー・フェアを殺害した犯人の名前が……」

ヴァイオレットはジョニーをにらみつけた。

「冗談言っているの！」

「シーブライトにそう言うんだ」

「でも、ほんとうに知っているの？」

「もちろん、知っているさ。夕べわかったんだ」

「とても知っているようには見えなかったけど」

ジョニーは穏やかにほほ笑んだ。

「シーブライトの次に知るのはきみだ、ヴァイオレット。だから……」

ジョニーは各部屋に通じるドアを開けようとしたが掛け金がかかっている。内側からヴァイオレットはボタンを押し、掛け金を外してくれた。ジョニーはドアを開けた。

「わたしが入れたと社長に言わないでね」ヴァイオレットは注意した。

「彼はそんなこと考えもしないよ」

ジョニーは人の気配のないメイン・オフィスを通りぬけ、シーブライトの社長室に向かった。アームストロングの部屋の前を通りかかると、ドアが開いておりアームストロングが室内にいた。彼はデスクに座り、両手をポケットに突っこみ、壁面に貼られた印刷物を憂鬱そうに眺めていた。

「やあ」ジョニーは声をかけた。

アームストロングは返事もしなかった。ジョニーはシーブライトの社長室に着いた。ノックもせずドアを開ける。エド・ファーナムがシーブライトと一緒にいた。巨大なレザー・チェアに身を縮め、大きなデスクの背後で説教するシーブライトに耳を傾けている。ジョー・ドーカスはレザー・ソファにもたれかかっていた。

「銀行は……」シーブライトはそう言いかけて、それからジョニーに目をとめた。

シーブライトは苦虫を嚙みつぶしたような顔をした。「だれに断って入ってきた、フレッチャー？」

「自分で」ジョニーはすまして答えた。「電話交換手はわたしを締め出そうとしましたが、こっそり入ってきました」

「またこっそり出て行くんだな」

「われわれの仲じゃないですか、オーヴィル？　夕べは友だちでしたね。お忘れですか……？」

「ここから出て行け、フレッチャー！」ドーカスは癇癪を起こしてどなった。「おまえの相棒もだ」

ジョニーはその場に立ちつくしていた。

「みなさん、今日はご機嫌よろしいようで。銀行からローンを受けられるとなると、老いぼれガチョウも意気盛んで」

ジョニーは呆れるほど大きな舌打ちをした。

「これもみんなあの薄べったいレコード盤が戻ってきたおかげですな！」

シーブライトの物腰が急に変化した。

「その話をどこで聞いてきた？」

「あなたにそれを渡した人物からですよ」

「わかった」シーブライトはうなずいた。「そう彼女が言ったのか。あのレコードを見つけた場所も話したのか？」

「ええ」

シーブライトは不機嫌な顔になった。

「納得したよ、フレッチャー。だがな、わしにつきまとうなよ。さもないと、警察が聞きつけて――」

「ああ、まだ警察に話してなかったんですね？」

「厄介ごとを抱えすぎていてね。ここを経営する仕事がある。法廷で証言するには何時間、おそらく何日もかかる。時間をむだにする余裕はない」

「マージョリー・フェアを殺した犯人など知ったことではないという意味ですか？」

「殺人者を逮捕するのは警察の仕事だ。わしの仕事はレコードを売ることだ」

「殺人者がマリオタ社の一員だと知っても、その気持ちに変わりはありませんか？」

「まだばかげたことを言っているな、フレッチャー。きみから耳にタコができるほど聞かされたたわ言だ」

「知りたいのか、知りたくないのか、シーブライト？」

シーブライトは回転椅子を押し戻した。

「知りたくない！　これが最後だ……！」

そのときエド・ファーナムが口をはさんだ。それはジョニー・フレッチャーにとっては初めて聞く声だった。

「わたしは知りたいね」

「あなたはそれほど忙しくないんですな、ミスター・ファーナム？」

ジョニーはかなりの皮肉をこめて尋ねた。

「殺人はわたしの仕事ではない」エド・ファーナムはもの柔らかに言った。「しかし、殺人者を逮捕するために——できるだけのことをするのは一般市民の義務だと考える」

「ほう、ありがとう、ミスター・ファーナム、感謝します。ところであなたは、ミスター・ドーカス？」

「きみは口がすぎる、フレッチャー。何も実のあることは話していない」

「これから実のあることを話します。ところで、ミスター・ドニガーとミスター・アームストロングにも、いまこの場にきてもらえませんか？」

シーブライトは受話器を取り上げた。

「ミス・ロジャース、ミスター・アームストロングとミスター・ドニガーに、わしの部屋にくるように伝えてくれ」

彼は電話を切ると椅子にもたれかかり腹の上で指を組み合わせた。

「こうすればよかろう」彼は納得を求めた。

ジョニーはタイムズ・ビルディングの前で拾ってきた男に顎をしゃくって合図した。男は離れたレザー・ソファに座っている。ドーカスは彼を興味深げに見ていた。しかしジョニーが男を紹介するつもりがないのは明らかなので、何も口にしなかった。

アームストロングが部屋に入ってきた。

「何かご用ですか？」彼は不機嫌そうに尋ねた。

「これからささやかなショーを催します」ジョニーが説明した。

「わたし抜きでね」アームストロングはやり返した。「とてもその気分には——」

「座りたまえ、アームストロング」シーブライトはぴしっと言った。

「あなたなら窓から飛び降りることもできますな」アームストロングはシーブライトに向かって言った。しかし彼は部屋から出て行かなかった。

シーブライトは白い歯を見せて笑った。

「ミスター・アームストロングは」彼は説明した。「もはやマリオタ・レコード会社の副社長ではない。彼は——それで、はっきりいえば、肚を立てているんだ」

「彼を解任したんですか？」ジョニーは尋ねた。

「うれしいことに、そうだ」

ドアがふたたび開き、ウオルター・ドニガーが入ってくる。彼と一緒にダグラス・エスベンシェイドもやってきた。

「これは驚いた」とジョニー。

「ミスター・エスベンシェイドです、諸君」ドニガーは如才なく紹介した。「彼はたまたまわたしの部屋にきていました。そこで一緒にと誘ったんです」

「彼がたまたまここに居合わせたのは幸いでした」とジョニー。「というのも、彼もまたこれまで話されてきた――起こった件について興味があるはずです……」

「その通りだ、フレッチャー」ドーカスはどなった。「はじめてくれ」

「ここには定足数の株主がいる」ジョニーは述べた。「それで株主総会を開けます――」

「ところで、きみはこの会社にどのくらいの株を持っているんだ?」ドーカスが尋ねた。

「いいえ、何もありません。もしあなたが法律的に云々されればですが。しかしぼくには五株の代理権があります」ジョニーはエド・ファーナムを見やった。「本来はヴァイオレット・ロジャースの株ですが」

穏やかな笑みを浮かべていたファーナムが表情を急に曇らせた。

「実を言えば」ドニガーが口走った。「ささやかな株主総会を持てたのはよかったかもしれない」

「すでに役員会議は開いた」シーブライトはいらいらして言った。

「時期尚早でしたな」ドニガーは述べた。「ミスター・エスベンシェイドはそのときここにはおられませんでした」

「ミスター・エスベンシェイドはマリオタ社の取締役ではない」シーブライトは言い返した。

「でも、なれるかもしれません」ドニガーは反論した。「マリオタ株をかなり所有していますので」

「四百二十五株の普通株を持っています」エスベンシェイドはさりげなく言った。

その通告は部屋にいたほとんど全員を驚かすものだった。シーブライトはまるで生きたネズミを呑みこんだような表情をした。

「普通株を四百二十五株？」彼は大声を挙げた。

エスベンシェイドは笑った。「マーティン・プレブル名義で――もう二百株ある」

シーブライトはファーナムを確認するように見た。ファーナムはうなずいた。

「アイオワのシダー・ラピッズです。昨年わが社は必要で――」

「そうか、憶えている」シーブライトは渋い顔をした。「しかし、あれは二百株だ。きみが言ったのは四百二十五株……」

「コン・カースンの遺産については」エスベンシェイドは大声を出した。「昨日、イースト・リヴァー信託と取引が成功しました……」

シーブライトはまるで不意に幽霊に出くわしたような驚きを見せた。

「わしが報告を受けていなかったのは合点がいかない」

「あなたは普通株をどのくらいお持ちですか、社長？」ウオルター・ドニガーは尋ねた。

シーブライトはふたたびファーナムに眼をやった。マリオタ社の経理部長はポケットから小さな手帳を取り出した。

「ちなみにすべての普通株主のお名前を申し上げます」彼は咳払いをした。「コン・カースンの資産が」と言ってダグ・エスベンシェイドに顎をしゃくった。「二百二十五株。アイオワ州シダー・ラピッズのマーティン・プレブル、ミスター・エスベンシェイドの名義人に二百株、オーヴィル・シーブライト百五十株、チャールズ・アームストロング二十五株、ジョセフ・ドーカス二百株、ウオルター・ドニガー五株、そして――」彼はすまなそうな笑いを浮かべた。「エドワード・M・ファーナム二百株」

「ぼくは最後ですが、最小ではありません」ジョニーはそう加えたが、だれも彼には注意を払わなかった。

マリオタ・レコード会社の状勢に何かが起ころうとしていた。普通株主の関心は何よりもほとんどそのことに集まっていた。

ドニガーが口を開いた。

「正式に株主総会の開催を提案します」

「何の目的で？」シーブライトが尋ねた。

「今朝、社長が役員会議を開かれたのと同じ理由です」

「あの会議にはひとつの理由があった」シーブライトは説明をはじめた。「事業の再開について……」

「あなたがまた会社を経営されるのですね」ドニガーは念を押した。「それなら、もういちど採決をし直すべきではありませんか」

「その動議を支持します」アームストロングが大声を挙げた。

ドニガーはアームストロングに眼で賛成の合図をした。「いいぞ、チャーリー、さすがは同輩だ……」

「あなたはわたしを追い出そうと考えているんですか？」アームストロングは厳しい声でシーブライトに詰問した。

シーブライトは不機嫌な顔でアームストロングを見てから、視線をエスベンシェイドに移した。

「この男は――」

「わかっている、わかっているとも」エスベンシェイドは腹立ちまぎれに言った。「それは別問題だ。

出欠を取ろう……」

「ファーナムが出欠を取ったばかりだ」ドーカスが口をはさんだ。「だれが何株持っているかはみんな知っている」

「ミスター・エスベンシェイドの言われた意味は」とドニガー。「会社の再建問題について、もういちど採決を取るべきだということです――それをどのようにすべきか……そしてだれを会社の新しい役員にすべきかということです」

「ちょっと待て」シーブライトは叫んだ。「今朝、わしはアップタウン信託預金銀行から十万ドルの融資保証を取りつけたと諸君に話した。その融資は――繰り返すが――わしがこの会社の社長であり、ゼネラル・マネジャーであることを条件にしたものだ。わし、オーヴィル・シーブライト以外には……」

「融資については」ドニガーは気安く言った。「ミスター・エスベンシェイドが喜んで同額を融通してくれます」

「その融資金額の七万九千ドル分は彼の先取特権を満たすものだ」ドーカスはどなった。

「公正な債権だ」エスベンシェイドは指摘した。「マリオタ社がセラックニスを購入したので、わたしのシェラック社が頂く代金だ」

「採決」とアームストロング。

「採決だ！」ドニガーも叫んだ。

シーブライトは降参した。

「わかった。諸君の見解がどうかやってみよう。エド、きみの票はどうするかね？」

「わたしは自分に」ファーナムは気まり悪げに言った。「アームストロングは自分に……」

「いや、わたしはミスター・エスペンシェイドに投票する」アームストロングは力強く叫んだ。「彼にすべてを任せる」

「ドニガー――いや、次はカースン、それはあなたのものだな、ミスター・エスペンシェイド？」

エスペンシェイドはただ微笑んでいた。

「ミスター・エスペンシェイドは四百二十五票」ファーナムは数え上げた。「ドーカスは？」

「ドーカスは棄権する」ジョニー・フレッチャーはそう叫んだ。

第二十四章

全員の視線がジョニーに集中した。

ドーカスは平然として言った。「だれがきみに代弁を頼んだ？」

「そうかね」ジョニーは言い返した。「しばらく採決の進行は中止するべきだと思います。それはミスター・ジョセフ・ドーカスが、マージョリー・フェアを殺害した犯人であることを、ここいるみなさんの前で証明したいからです……！」

ジョー・ドーカスは飛び上がった。

「何てことを、フレッチャー……！」

ジョニーはたしなめるように指さした。

「こいつが人殺しだ、ドーカス……！」

「いま言ったことを取り消せ、さもないと……」

サム・クラッグが突進してきたドーカスとジョニーのあいだにさっと割って入った。

「さもないと、何だ？」

ドーカスはサムのわきをくぐり抜けようとした。しかしサムは腕を伸ばしてドーカスの胸倉をつかみ、そっと押し戻した。力余ってドーカスはレザー・ソファまですっ飛び、ドスンと尻餅をついた。

「我慢ならん！」ドーカスはすぐさまどなった。

「ミスター・ドーカス」エドワード・ファーナムが静かに言った。「しばらく黙っていてもらえんか？」

「覚えていろよ、ファーナム」ドーカスはわめいた。

「ジョニーにしゃべらせてやれ、ジョー」シーブライトがいきなり声をかけた。

「わたしも彼の証言を聞いてみたい」エスベンシェイドは冷静に言った。

「大株主としてですが、ミスター・エスベンシェイド」ジョニーは彼に向かった。「あなたのお耳に入る事柄がすべて快いことではありませんがね」

「それでも聞いておきたい」

「マージョリー・フェアはこのオフィスで仕事に就いていました」ジョニーは語り続けた。「その仕事が歌手になるためのキャリアとして役に立つと考えたからです」ジョニーは芝居がかって副社長を指さした。「アームストロング、あなたは彼女に夢中になった。しかし彼女は相手にしなかった。そうでしょう？」

アームストロングは怒った。「それは私事だ」

「そうかもしれません」ジョニーは受け流した。「そうでないかもしれません。とにかく、あなたはマージョリーをここに居たたまれなくさせ会社を辞めさせた。しかしそのあとまで彼女にいやがらせを続けた。そして、マージョリーが会社の歌手オーディションを受けたとき、その吹きこみにけちをつけ、レコードの採用を否決させた」

「彼女の歌声が気に入らなかったんだ」アームストロングは抑揚のない声で言った。

「彼女の歌声が気に入らなかったですって。それはあなたの求愛に、彼女がノー、ノー、ノーと言い続けたからでしょう……！」

アームストロングは椅子の肘を握りしめた。

ジョニーはドーカスをにらみつけた。

「ドーカス、あんたはデス・モインズ・シェラック会社から七万九千ドル分のセラニックスを購入した。ミスター・エスベンシェイドは支払いをクレジット・ローンにしてくれた。そしてニューヨークにいるフィアンセに歌手としてレコードの吹きこみをさせたいと伝えると、あんたはオーディションの手続きをした。それは七万九千ドルを支払い猶予にしてくれた人へのささやかな好意で、あんたにとってはお安いご用だったろう……」

「わたしはマージョリーを支持したんだ」ドーカスは興奮気味に言った。

「そう、あんたはそうした。しかしそれは表向きで、それほど長くは支持することはなかった。ミスター・シーブライト、ミスター・ドニガー、ミスター・ファーナムも同じだった。それはコン・カースンが最新の歌のレコード吹きこみを終えるまでのことで、一、二週間後には会社は黒字に戻るはずだったからだ。債権者のご機嫌取りはさほど重要ではなかった。しかしそれから破局がマリオタ社を襲った。コン・カースンは亡くなり、彼の最後のレコード——会社が持っていた唯一のもの——は消え失せてしまった……」

ジョニーはここでひと息ついた。

「盗まれたのか、ミスター・ドーカス？」

「わたしが知るわけなかろう？　それは消えてしまったんだ」

「そう、消えてしまった。どうしてなのか、わたしが話してやろうか?」

「そんなことはどうでもいい――」ドーカスは話しはじめた。

「わたしは聞きたい」とエスペンシェイド。「みんなに話してくれ、フレッチャー」

「マージョリー・フェアの吹きこみは、このオフィスのスタジオで行われた。コン・カースンのレコーディング直前だ。実はコン・カースンの到着を待つまでに慌ただしくやったものだ。コン・カースンが現れたとき、マージョリーは追い出された。コン・カースンには二度も吹きこませたんじゃなかったか? そのときカースンには重要な電話があったので、すぐにさっさと帰っていった……ミスター・シーブライト、カースンがヨーデル調で歌っているあいだ、あなたは何をしていましたか?」

「もちろん、歌を聴いていた」

「そう、しかしカースンの最初の歌と二度目の歌との中断のあいだ、スタジオでだれかとおしゃべりをしていませんでしたか……?」

「いや、だれとも。記憶では……」シーブライトは突然眉根を寄せた。「ドーカス、きみはそのときわしにくどくどと何か言わなかったか……あの娘マージョリーについて……?」

「わたしはくどくど言いません。あなたに話したのは――」

「つまりドーカス」ジョニーは口をはさんだ。「録音機のところであんたは見ていた。すでに何が話されたのか知っていた……おそらくシーブライトの話ぶりから見て、マージョリー・フェアのレコードは駄目だと判断した。そこであんたはまったく自制心を失ってしまい大声でしゃべった……カースンが吹きこんでいる最中に。ミスター・ドーカス?」

「録音中におしゃべりしてはいけないことはよくわかっている」ドーカスはきっぱりと言った。

「ほんとうかね？　それではあんたは気づいていなかったんだな。マイクロフォンがあんたの声を拾っていたことを。あんたはまぎれもなく、かなり怒ったささやき声で……『ちくしょう、シーブライト！』と言っている」

「そんなことを言った覚えはない」

ジョニーはシーブライトに呼びかけた。

「あのレコードが手元に戻って以来、かけたことがありますか？」

「いや、しかしいまならすぐにでもかけられる……」

「あとでかけてごらんなさい。ぼくはすでに聞いているので、話したことが裏づけられるでしょう。カースンがここを飛び出したあと、ドーカスはレコード原盤を手に工場に戻った。翌日、カースンは亡くなり、だれもが彼の最後のレコードに殺気立っていた。ドーカスは持ってきたレコードがカースンの原盤ではなかったことに気づいた。マージョリーのレコード原盤を持ってきてしまったのだ。コン・カースンの吹きこんだ五分後にスタジオを出たためだ……しかしそのわずかな間にカースンのレコードは控室で審査結果を待っていたマージョリー・フェアに手渡されてしまったのだ。だれが……そのレコードを彼女に渡したのか？」

「わたしだ」とアームストロング。「わたしがそのレコードを彼女に渡したのだ。彼女の吹き込んだレコードだと思いこんで」

「そして、彼女に不採用になったということも知らせたんだな。やっとわかった、あのレコードを彼女に渡したのはアームストロングだったのか。ドーカスがあなたに手渡したのではないのか？」

「いや。そうか、あのレコードはかれらが製作したコン・カースンのものだったのか……」

「オーディションで不採用になったレコードは、その歌手に渡すのが慣例なのか?」

「慣例ではない。だがマージョリーは自分が吹きこんだレコードを欲しがった。そこでドーカスに頼んで、わたしがもらってやったのだ――」

「けれどそれはカースンのレコード原盤だった」

「わたしの見落としだ」

「アームストロングに間違ったレコードを渡してしまったのは、わたしの誤算だった」ドーカスは不機嫌そうに言った。

「誤算ね、まさにそうだ」ジョニーは説明を続けた。「あんたはかなりかっかとしていて、自分でも何をしているのかわからなかった。カースンのレコードをアームストロングに渡しておいて、マージョリーのレコードを持っていってしまった。それから翌日、カースンの死後、あんたはレコードを取り出しかけてみた。自分はカースンのレコードだと思いこんでいたものが、じっさいはマージョリーのレコードだとわかった。どうしてこんな手落ちが起こったのかをあれこれ考え、そのときに頭の中にひとつのたくらみが生まれた。カースンは死んでしまった。もう一枚レコードを作ることはできない。あんたはたった一枚残ったレコード原盤のありかを知っていた。そこでそれを取り戻しに出かけた――そしてマージョリー・フェアを殺してしまった……ただ……そのレコードは入手できなかった。マージョリー・フェアがレコードを窓から外に放り投げてしまったからだ。それはまっすぐ換気筒を越えてホテルのぼくの部屋に飛びこんできた。かすり傷もなくベッドに落ちた……」

「それがきみのレコードを手にした方法か?」シーブライトは叫んだ。

「その通り」

「わたしが彼女を殺したと証明してみろ」ジョー・ドーカスは開き直った。「その証拠でもあるのか？」

「ある──少し待て。それよりまず話してみろ。あのレコードをどうしようと思ったのか？　最高値をつけた者に売ろうとしたのか、あるいは、マリオタ・レコード会社が競売にかけられるまで待ち、長いこと行方不明だったカースンのレコードを見つけたとして、その歌の売上げ高を見越して会社を手に入れ、業界に復帰するつもりだったのか？」

「おまえにそれが立証できるのか！」ドーカスはしつこく繰り返した。

「ミスター・シーブライト」ジョニーは尋ねた。「カースンのレコードはお手元にありますか？」

シーブライトはプレイヤーを指さした。

ジョニーはプレイヤーに行き、スイッチをひねりスタートさせた。

コン・カースンの歌が聞こえた。彼は〈砂漠の月〉を歌っていた。やがてもういちど歌が流れる。

そして突然、耳ざわりな声が歌にかぶって聞こえた。『ちくしょう、シーブライト！……』

ジョニーはプレイヤーを止めた。

「みなさん、聞いてください。この声はジョー・ドーカスですね？」

「そうだ」シーブライトは即座に言った。

アームストロングもうなずいた。ドニガーは眼を丸くさせた。

「そうか」ドーカスはそれを受け入れた。「自分でも忘れていた。しかしそれだけでは、わたしがだれかを殺した証拠にならない。確かにあることの証明にはなる──あの声が録音された瞬間、わたしはシーブライトに肚を立てていた。その証明にはなる。それだけのことで、それ以上は何も……」

「その通りだ」ジョニーも認めた。「そのことしか証明できない。ただあんたはミスター・シーブライトがチャールズ・アームストロングに屈して、会社を潰そうとしていることにひどく感情を害していた。それは証明できる。ところでみなさん、この部屋の中にいる見知らぬ顔に気づかれ、あの男は何者かと不審に思われませんでしたか？」

ジョニーは歩いて、彼が雇った男の方に向かって言った。

「お名前をお教え願えますか？」

「クリフトン・メインウオーリングです」

「差し支えなければ、あなたのいまの住まいをお知らせください、ミスター・メインウオーリング」

「はい、四十五丁目ホテルです」

「わたしと同じホテルですね――そこはマージョリー・フェアが住んでいた場所でもあります……」

「その通りです。実を言えば、われわれはみな同じ階に泊っていました」

「えっ？　あなたの部屋番号は？」

「八三二号室。八二九号室とは廊下を隔てた真向かいの部屋です」

「八二九号室はミス・フェアの部屋でした」ジョニーはうなずいた。

それからいきなり屈みこむと、クリフトン・メインウオーリングの顔を真っすぐに見つめた。

「ミスター・メインウオーリング、二日前の朝、八時三十分ごろのことです。あなたが部屋を出たとき、たまたまミス・フェアの部屋から出てくるだれかを見かけましたね……その男はあたかも他人に見られたくないかのように、部屋からことさらこっそりと抜け出しませんでしたか……？」

「その通りです」メインウオーリングは答えた。

「あなたはその人物の顔を見ましたか？」

「ええ、見ました――はっきりと。それはその男のそぶりがいかにも怪しく思われたからです」

「それで、その顔ですが……今日、このオフィスに見られますか？」

「いかさまだ！」ジョー・ドーカスは絶叫した。「おれは顔など見られていない。廊下にはだれひとりいなかった……」

彼はよろよろと立ち上がると、身体をふらつかせながらその場に立ちつくしていた。

ジョニーは冷ややかに、そして容赦なくドーカスと向かい合った。

「ミスター・メインウオーリングは警察署でも証言するつもりです。それは法廷でも同じことです。彼はあんたを目撃したことを宣誓しているんだ……」

ジョー・ドーカスはむせび泣いていたが、やおら駆け出し……真っすぐに窓に向かった。彼はガラスを突き破り、頭から真っ逆さまに飛び降りた。


サム・クラッグは四十五丁目ホテルへの帰途ずっと無言を貫いていた。ジョニー・フレッチャーもまた口数は少なかった。しかし八二一号室に入るや、ジョニーはサムをふり返ってとげとげしく言った。

「わかっているよ、おまえの気持ちは。おれはやつにハッタリをかました。だけどやつにはそれよりひどい犯罪があった――ともかくお巡りたちはやつを白状させようとあれこれ試みただろう。しかしかれらが喉から手が出るほど欲しいのは、自分たちの推論を跡づける人間なんだ。おれはそれを全部やってのけたんだ」

「おれはまるきりお手上げだったよ、ジョニー」

「しかしおまえも考えてくれた……」

「おれは別のことを考えていたよ、ジョニー。エスベンシェイドがおれたちに寄こさなかった、あの千ドルのことだ。明日、もらおうじゃないか」

「ああ、あれか」ジョニーは言った。「忘れてしまえ」

「手に入らなかった千百ドルもか?」

「おれたちにはまだ四百ドルあるじゃないか?」

「それじゃ七百ドル不足だ」

「四百ドルもあれば質屋に入れたがらくたを受け出せるよ」

「おれたちはいったい何をしようとしているんだ?」

「ちょうど十二時だ」とジョニー。「これから午後いっぱいかけて、あの商品を返しに歩くんだ――」

「どこに返すんだ?」

「おれたちが買った店にだ――当たり前だろ。おれは全店のレシートを保管してある」

「店が返品を受け付けると思っているのか?」

「ほかに方法があるか? かれらはノーと言うだろうが、おれはひたすら平謝りする。自分の誤算だったと――銀行には思っていたほどの預金がなかったのだと。だからおれが振り出した小切手は不払いになって戻ってくる。そこで自発的に買った店に戻ってきて、支払えなかった商品を返しているんだ。そのおれがペテン師か? やつらはおれをお巡りや債権会社に引き渡すか?」

サムはじっとジョニーを見つめた。

「でも、そんなことでうまく切り抜けられるかい？」

「もちろん、できるさ。ああ−少しは損するよ。質屋に支払った利息ぐらいはな。しかし考えてもみろ、エスベンシェイドから三百ドルもらった。そうさ、だいぶ出費もしているがね」彼は肩をすくめた。「おれたちはこの二、三日で、つくづく金のありがた味を思い知ったよ……それにおまえはズボンも戻ったことだし……！」

訳者あとがき

アメリカのペーパーバックス作家フランク・グルーバー（一九〇四―六九）がミステリ部門でその名を残したのは、ジョニー・フレッチャーとサム・クラッグのコンビによる、ユーモア・ミステリ・シリーズ（一九四〇―六四）十四冊によるところが大きい。

彼のミステリ長編は三十四作あり、本シリーズ以外に、邦訳もある私立探偵サイモン・ラッシュと助手エディ・スローカムのシリーズ三作、私立探偵オーティス・ビーグルと助手ジョー・ピールのシリーズ三作、あとは単発のミステリである。

本シリーズはグルーバーの二十四年にわたる執筆期間の長さや部数でも、そのコミカルな面白さでも、ミステリ読者に一番受けたことがわかる。本書はそのシリーズ十作目の完訳であり、昔「宝石」別冊に『レコードは囁いた……』として抄訳されたことがある。そのほか、第一作『フランス鍵の秘密』、第二作『笑うきつね』、第四作『海軍拳銃』＝『コルト拳銃の謎』、第八作『ゴースト・タウンの謎』と、すでに五作の長編が翻訳されており、逢坂剛氏を含め日本の愛読者もかなりいる。

ポオのオーギュスト・デュパンと叙述者のわたし以来、ホームズとワトソン、ポアロとヘイスティングズなど、ミステリには探偵とその助手役のコンビが多い。名探偵が難事件を試行錯誤しながらも整理整頓し、比較検討し、憶測推理して、最後に真相解明、犯人逮捕にまで以ていく過程には相談に乗る相手が必要で、対照的な探偵コンビが組まれる。

本書の主人公ジョニーとサムの本業は私立探偵ではなくて、香具師《ヤシ》、テキ屋である。アメリカ各地を放浪しながら、ボディビル本を街頭で実演販売する。そのわずかな金稼ぎ旅行のあいだに、思わぬ事件に巻きこまれる。そこでジョニーが足を使い推理を働かして犯人を指摘し、サムが腕力で犯人を押さえつけるパターンである。

映画脚本家でもある作者は、このコンビのアイデアを、当時人気のあった爆笑映画シリーズの喜劇俳優「極楽コンビ」のローレル&ハーディや、「凸凹コンビ」のアボット&コステロなどから得たのではないかと思われる。悪知恵が働き口が達者なジョニーは、兄貴分の突っ込み役で、多少頭は弱いが喧嘩にはめっぽう強いタフガイ・サムは、生活のすべてをジョニーに任せる弟分でボケ役をつとめる。まさに漫才コンビで、その行動や会話が笑いのネタになる。本書が初めての読者には、ジョニー(ジョナサン)・フレッチャーとサム(サミュエル)・クラッグの人間像がよくわからないと思うので、第一作『フランス鍵の秘密』で描かれたふたりの体格や履歴を引用しておく。

ジョニー・フレッチャーは三十代半ばの独身、身長一八五センチ、体重八〇キロ、前歴は年収数万ドルを稼ぐ書籍のセールスマンだった。それで頭もよく口達者なのだ。しかし稼いだ金はすべて競馬と株投資に費やし、オケラになってしまう。そのあとに知り合ったサムをモデルにボディビル本を書き、この販売を職業にするテキ屋となった。一方、サム・クラッグも同年齢の独身で、身長一七五センチでジョニーより一〇センチ低いが、体重一〇〇キロを超すマッチョ・タイプ。前歴はプロ・ボクサー、レスリングの経験もあり、暴力沙汰には無敵で、ジョニーの肉体的な危機には必ず代わって乗り出す。

ところが長いシリーズになり、執筆の年月が経つと、主人公のキャラクターや役柄などを、作者自身がど忘れをしたためか、最初の設定とは異なることがある。それを読者に指摘され作者は間違いに気づく。ホームズでもそれはあるが、ジョニーやサムにも作品によって、多少の矛盾や誤謬が現れてくるのも仕方がないのか。本書にも原文にいくつかの誤りがあり、気づいたところは訂正しておいた。

このふたりがどうしてコンビを組むようになったかは既訳書では説明されていない。また、本書では手持ちの商売用小冊子は売り尽くし、在庫も出版社の事情で入手できないので、空っ尻のジョニーは金繰りに忙しく、本来のテキ屋としての稼業が描写されていない。しかし第一作には、かれらは都会の街頭で本を販売するさまが描写されており、この口上や実演は「フーテンの寅さん」並みに面白いので、ここに要約して引用してみよう。

まず人通りの多い歩道を選び、地面に太さ半インチ、長さ六フィートの鉄鎖を置く。サムがすばやく衣服を脱いで上半身裸になる。そして深呼吸一番、筋骨隆々たる肉体を大きく波打たせ人目に晒す。これには通行人も眼をそばだて近くに寄ってくる。そこに相棒ジョニーが登場。大声で口上を述べ立てる。「紳士ならびに淑女諸君。これなるわが友ヤング・サムスンは世界的にも有名な筋力の持ち主である。そこで驚くべき体力をご覧に入れる。証拠はこれだ！」といきなり鉄鎖をサムの胸に巻き付け繋ぎ合わせる。歩道に見物客が大勢集まると通行妨害で警察に排除されるので、この非合法の商売は即決即演で十分以上は続けれない。

「さて、お立ち会い、この太い鎖は馬でも断ち切れない。それをこのサムスンが筋肉力で断ち切ったらどうだ！　元は弱虫で六〇キロの体重しかなかった彼が、これほど頑強な体格になったのも、私が発見した生命力増強の秘密運動のおかげだ。その実力をいま、お目にかける。注目、注目！」

こうして見物人の注視を集めたサムは、ゆっくりと息を吸いこむと、太い鎖が分厚い胸に喰いこんでいき、筋肉が盛り上がる。そして凄まじい音を立てて鎖がちぎれ飛ぶ！　これにはタネも仕掛けもあるが（これが本書で明かされている）、何も知らない見物客から拍手喝采と大喚声が起こる。そこがジョニーの付け目である。「さあ、みなさんもこの男のように強い身体を作るためには、この本を読めばすぐ分かる。わずかの二ドル九十五セントだよ！」ジョニーはすぐさま見物人相手に『だれでもサムスンになれる』という自分で書いた原価五十セントのインチキ小冊子を片端から売りつける。買手が三ドル出すと、おつりの五セントは「消費税」と言って返さない。そしてパトロール警官が駆けつける前にすばやく店じまいして、一目散にサムと姿をくらましてしまう。このようにテキ屋コンビの非合法な本業が描かれている。しかしこれは前置きで物語の内容は、どの作品もジョニーが探偵役を務める本格ミステリになっている。

「あいつのモラルはどうなっているんだろう？」とサムにまで疑問を抱かれるほど、ジョニーの行動はめちゃくちゃだが、金融問題だけは、彼は彼なりのモラルを守っている。「……人を殺しても追っかけてくるのは警察だけだが、金に関しては、例えば小切手の不払いでも起こしたら大変だ。債権者、銀行、債権取り付け会社までが詐欺で追いかけてきて、それこそ路頭に迷ってしまう……」と、本書でも彼は金繰りのため詐欺すれすれの小切手乱発をするものの、期日に帳尻だけはちゃんと合わせて、犯罪にはならないように必死の努力をする。それがジョニーのテキ屋稼業の良心となっているのが面白い。

第一作（四〇）と十作目の本書（四七）のあいだには執筆年数で七年の開きがあるが、冒頭の場面は双方ともまったく同じシチュエイションになっている。本書は第一作から数年後、久しぶりにジョニーとサムはニューヨークに舞い戻る。舞台はやはり同じ安ホテル「四十五丁目ホテル」である。ふたりとも同じ八二一号室に泊まり、宿泊代の滞納で追い出されかかっているところに、ホテル内で殺人事件が起こり、巻きこまれる設定も同じである。ホテル・マネジャーも同じくレスター・ピーボディであるが、本書に出てくるボーイ長エディ・ミラーは前書には登場しない。おそらくそのあとにホテル入りしたのだろう。本書もやはりジョニーが足で情報を集め、レコード原盤の謎を解き、関係者の面前で殺人犯を指摘する行動派本格ミステリである。

なお本書に（第一作『フランス鍵の秘密』を参照）とある「ウインズロウ事件」とは、時価一万五千ドルの五ドル米古金貨をめぐる殺人事件が起こる。その持ち主がウォルター・ウインズロウという富豪の会社社長で、彼と知り合い別の盗難事件で探偵に雇われたのがジョニーとサム、それに世界一の名探偵を自称し、本書にも登場する痩身長軀のジェファースン・トッドがライヴァルとしてからみ、この三人の丁々発止の喧嘩が愉快なエピソードになっている。

このコンビによるミステリ長編の初出タイトルは次の通りである。

1、THE FRENCH KEY（1940）『フランス鍵の秘密』ハヤカワ・ミステリ
2、THE LAUGHING FOX（1940）『笑うきつね』ハヤカワ・ミステリ
3、THE HUNGRY DOG（1941）
4、THE NAVY COLT（1941）『海軍拳銃』ハヤカワ・ミステリ、『コルト拳銃の謎』創元推理文庫
5、THE TALKING CLOCK（1941）

6、THE GIFT HORSE（1942）
7、THE MIGHTY BLOCKHEAD（1942）
8、THE SILVER TOMBSTONE（1945）『ゴースト・タウンの謎』創元推理文庫
9、THE HONEST DEALER（1947）
10、THE WHISPERING MASTER（1947）『噂のレコード原盤の秘密』本書
11、THE SCARLET FEATHER（1948）
12、THE LEATHER DUKE（1949）
13、THE LIMPING GOOSE（1954）
14、SWING LOW, SWING DEAD（1964）

なお、本シリーズには既訳書以来かなりのファンもいるので、読者の要望が多ければ未訳の全長編を刊行する予定である。

二〇一五年十月

フランク・グルーバー讃
なつかしや、グルーバー！

逢坂　剛（作家）

二十一世紀のこのご時世に、フランク・グルーバーの旧作『レコードは囁いた…』の新訳が出るとは、夢にも思わなかった。

作家になる以前、わたしが好んで読んだ作家はハメット、チャンドラー、マクドナルドの正統派ご三家、あるいはW・P・マギヴァーン、W・マスタスン、T・ウォルシュ、E・レイシーといった、警察小説を含むハードボイルド派の作家群である。

しかし、作家になったあとでそのスタイルに影響を受けたのは、ハメット、チャンドラーは別格として、J・H・チェイスとF・グルーバーの二人の職人作家だろう。

チェイスには、ページを次から次へとめくらせる、あざといほどのストーリーテリングを、そしてグルーバーには、凸凹コンビによる軽妙な会話のやりとりを、しっかりと学んだ。わたしの、御茶ノ水警察シリーズの斉木斉、梢田威のコンビは、グルーバーのジョニー・フレッチャーとサム・クラッグがいなかったら、生まれなかったに違いない。

わたしの知る限り、グルーバーのミステリーの邦訳は、『海軍拳銃』『ゴースト・タウンの謎』など単行本にして五作前後しか出ていない、と思う。古書店でも、なかなか見かけない本になってしまったが、そこへほぼ半世紀ぶりに『レコードは囁いた…』の新訳が出るというのは、いったいどういう風の吹き回しか。いや、理由はどうでもよい。ともかく、古きよき時代のハードボイルド小説を、古きよき時代のハリウッド西部劇と同様、ファナティックに愛するわたしにとって、これは久びさの朗報といわなければならない。

グルーバーは、実は西部小説もたくさん書いている。というより、ミステリーと西部劇が合体したような作風が、グルーバーの持ち味なのだ。たとえば、『海軍拳銃』はジェシー・ジェームズの愛銃探しが、テーマだった。また、ジョン・スタージェス監督の小味のきいた西部劇、『六番目の男』の原作は同じタイトルで、邦訳も出ている。しかもこの作品は、父親を死なせた正体不明の男を追う追跡もので、しかも最後に予想外の落ちがついた、ばりばりのミステリー・ウエスタンである。

チャンドラー、マクドナルド的な文学性を求める向きはともかく、アメリカン・ミステリーが輝いていた一九四〇年代、五〇年代に郷愁を覚えてやまぬファンには、グルーバーの新訳はこたえられないプレゼント、といってよかろう。

〔訳者〕
仁賀克雄（じんか・かつお）
1936年横浜生まれ。早稲田大学商学部卒。評論家、翻訳家。著書に『決定版　切り裂きジャック』（ちくま文庫）、『新 海外ミステリ・ガイド』（論創社）、訳書にC・L・ムーア『シャンブロウ』（論創社）、F・グルーバー『フランス鍵の秘密』（ハヤカワ・ポケット・ミステリ）他多数。

噂《うわさ》のレコード原盤《げんばん》の秘密《ひみつ》
——論創海外ミステリ 161

2015年12月20日　初版第1刷印刷
2015年12月30日　初版第1刷発行

著　者　フランク・グルーバー
訳　者　仁賀克雄
装　画　佐久間真人
装　丁　宗利淳一
発行所　論　創　社
〒101-0051 東京都千代田区神田神保町2-23 北井ビル
電話 03-3264-5254　振替口座 00160-1-155266

印刷・製本　中央精版印刷
組版　フレックスアート

ISBN978-4-8460-1492-6
落丁・乱丁本はお取り替えいたします